U0024235

中文學習心法十五招

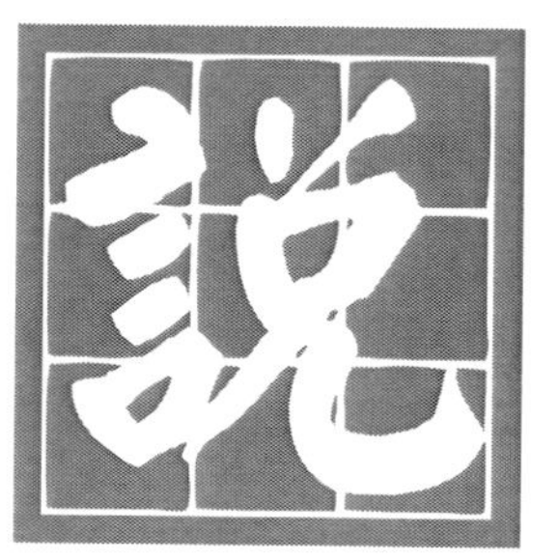

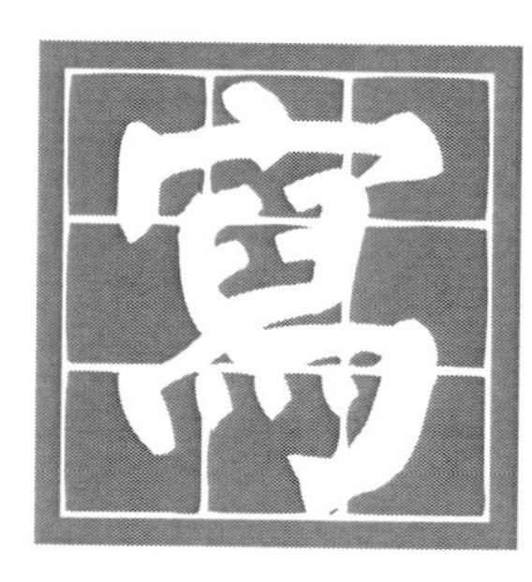

劉運同——著

前　言

隨著中國影響力的增強，學習漢語的人越來越多。學習漢語跟學習英語一樣嗎？漢語難學嗎？怎樣才能學好漢語？需要掌握多少個漢語辭彙才可以讀懂漢語的報紙？怎麼才能記住漢語的辭彙？如何學習漢語寫作？在學習漢語時如何利用詞典？本書就是為了回答這些問題而寫的。

作為一名漢語教師，在長期的教學中，我們發現學生在同樣的學習環境下，所達到的漢語水平卻有很大的差異。其中的一個主要原因就是有的學生學習方法不太對頭，不瞭解學習外語的特殊要求。所以儘管他們花了很多時間來學習漢語，效果卻不理想。本書根據作者在教學中對學生學習習慣的觀察，根據語言學的基礎理論，結合漢語作為外語學習的習得研究和教學研究，對學習漢語的各個方面提出了具體的建議——既包括學習漢語的各個要素的技巧，也包括掌握漢語聽說讀寫各項技能的方法。所提供的例子大都取自常見的漢語教科書，用學生熟悉的材料來介紹提高學習效率的方法和步驟，以便於學習者操作和應用。

我們提倡學習者理解漢語學習的過程和特點，自己對學習負責，嚴格管理自己的學習，不斷改進自己的學習方法，提高學習效率。也就是說，做一個主動負責的學習者。所以本書不是要求每個學習者都按照我們的建議去學習，而是瞭解書中所介紹的方法，用來豐富自己的學習手段，通過自己的摸索，找到適合自己的方法。

對於本書，學習者可以按照目錄的順序進行閱讀，但是也可以挑選自己感興趣的章節進行學習。為了便於讀者掌握本書的主要內容，書的最前面有一個簡明的內容要點，建議讀者先閱讀此要點，然後再挑選相關的章節進行閱讀。

本書在寫作過程中，參考了國內外語言學、語言教學與研究等方面的一些著作，有的地方還直接引用了其中的觀點和例子。由於本書的性質，未能一一注明出處，僅在書後列出主要的參考文獻，特此說明並向所引各書作者表示感謝。

漢語學習要點

1. 每種語言都是十分複雜的系統，學習一種外語需要花很長的時間。因此打好基礎很重要，集中一年來學習漢語比花十個一個月更有效。
2. 漢語雖然跟其他的語言不同，但是並沒有什麼特別之處。只是剛開始學習時有些困難，因為要同時學習拼音、漢字、語法。漢語是SVO型語言，主要依靠語序和虛詞來表達語法意義。
3. 在使用句子組成語篇時，句子會根據需要做適當的調整。單個句子是基礎，連貫的語篇才是真正的語言使用。
4. 無論在自然環境中學習還是在課堂上學習，大量接觸真實的漢語都是成功的關鍵。學習者無法接觸到所有的句子，但是可以掌握有限的語法規則。
5. 學習是不斷完善學習者語法規則的過程，只有靠學習者不斷試錯才能完成。
6. 學習語言不同於學習歷史。語言不光要求理解，更重要的是要求會做。從「知道」到「會做」需要大量的練習，但只有到達了「會做」才算達到了學習目的。
7. 聽說讀寫四項語言技能的困難程度上是不一樣的：聽和讀是被動的能力，可以依靠大量的接觸和練習來提高水準；說和寫是主動的能力，特別需要在互動的過程中完成。
8. 熟能生巧，學習的效果取決於你花的時間。你讀得越多，讀得越好；聽得越多，聽得越好；說得越多，說得越好；寫得越多，寫得越好。

9. 把詞語放在句子中學習，把句子放在課文中學習。不僅學習詞語或句子的意義，更要注意它們的用法。兩種語言沒有完全對等的成分，光是依靠詞典絕不可能學會漢語。

10. 你要對你的學習負責。你必須明確你的學習目的，制定可行的計畫，不斷反思和監控你的學習過程，不斷改進學習方法，提高學習效率。

目次

1 語言的特性與使用

一、語言的性質和特點

斯威夫特在《格列佛遊記》寫道，飛島國的人們利用實物來進行交際，他們每個人都帶著一個大口袋，裏面裝著說話時可能要說到的全部東西，要表達什麼就從口袋裏掏出那個東西。你可以想像出他們的交談是多麼笨拙和麻煩。人類發明的語言則靈巧多了，有了語言我們可以談論世界上的任何事物，既可以談論過去曾發生、將要發生的事情，還可以談論我們想像的世界。語言對於人類是這麼重要，以致有的專家把語言看作人類區別於動物的重要特徵。

語言學家認為，語言之所以能成為人類重要的交際工具，是由於人類的語言具有一些其他的交際系統不具備的特點。這些特點包括：

（一）語言符號具有任意性

語言的符號由聲音和概念兩方面組成。當人類發明了文字之後，文字則成為聲音符號的紀錄。語言符號的任意性是指在符號的聲音（或文字）和概念之間，不存在任何理性的關聯和邏輯動因，它們之間的關係完全是約定俗成的。比如，對於「書」這一概念，中國人用「shū」來表示，英國人用「book」來表示，兩個國家的人做出這樣的選擇完全是任意的，而不是出於其他合理的原因。

（二）語言具有雙重性

這個特點反映在兩個方面：首先人類的語言可以利用自身無意義的語音構成有意義的語言單位，如[b]、[k]、[u]三個音素在英語中本身是沒有意思的，但是按照一定的順序合成[buk]則可以表示「book」的概念，成為英語中一個詞語。人類的語言就是這樣利用有限的語音來構成數量巨大的詞語，所以才具有了無窮無盡的表達能力。此外，語言中詞語按照一定的語法規則則可以組成更大的單位，如片語和句子。例如：「我、書、讀」可以組成「我讀書」。語言的雙重性，使人類的語言可以利用有限的語音來組成數量巨大的語言單位，還可以用有限的詞語和語言規則來構成數量和長度都無限的句子（至少在理論上如此）。所以說任何一個人都不可能遇到一種語言所有的句子，但是卻可以理解這種語言所有的句子，因為他已經掌握了這種語言的規則，而這些規則不是無限的，而是有限的，並且是可以學會的。

（三）語言具有系統性

語言不是雜亂無章的一堆東西，而是一個具有層級、分工合理的系統。語言系統一般分為三個大的部分：第一部分是語音學或音位學，告訴人們一種語言的語音使用了多少音素，還有它們的變化以及組成規則。比如學過漢語的人都知道，在漢語中，允許有「tī」的發音，但是沒有「gī」的發音。在英語詞首位置「l」不能出現在「m」之後，所以講英語的人知道「mlad」不可能是一個英語詞；與此相反，「l」卻能出現在「b」之後，因此，雖然講英語的人從沒有遇到過「blad」這個詞，但是卻可以肯定它可能是一個英語新詞。第二部分是語言的辭彙系統，告訴人們一種語言內詞語的類別以及詞語之間的關係。在使用詞語組成句子時，詞語之間的意義要互相協調，而不能互相衝突，如我們可以說「他吃米飯」，卻不可以說「他吃書」，因為「書」不符合動詞「吃」的語義要求。此外，詞語之間還存在多種多樣的聚合關係，如一詞多義、同義關係、反義關係、並義關係、上下位關係、類義關係等等。學習一個詞語，就是要掌握一個詞語在整個辭彙系統中的地位，這樣才能算真正學會了一個詞語。比如在漢語中跟「高」相對的詞語有兩個：「低、矮」。用來形容人的個子要說「個子矮」，描述人的漢語水平要說「水平低」。第三部分是語法系統，用來告訴人們一種語言的辭彙和句子是如何構成的，比如在漢語中有主謂式的詞語，：「心疼」、「眼紅」；有動賓式的詞語：「司機」、「道歉」，等等。還有就是詞語或片語如何組成句子，比如在漢語中修飾語要放在中心語的前面，例如：「我聽不懂他說的話。」表示時間或地點的成分通常放在句子動詞謂語的前面，如：「我在北京大學學習漢語。」

二、語言的使用

如果一個人僅僅學習一種語言的語音、辭彙和語法，而不關心如何使用這種語言，那這個人更像一個語言學家，而不是一個語言學習者。因為語言學家的工作是分析和研究一種語言，增加人類的知識，而不一定非要會使用這種語言進行交流；但一個語言學習者主要的目的在於學會使用一種語言進行交流，如果他僅僅學習了一堆語言的知識，而不會使用該語言進行交流，他就不能算作一個成功的語言學習者。

在使用語言進行交際時，僅僅瞭解語言的結構，會說出單個的句子是不夠，他需要學習更多的東西。第一，他需要學習如何把單個的句子組成連貫的語篇來進行交流。因為除了特殊的情形，人們在使用語言時不是只使用一個孤立的句子，而是形成一個有條理的語篇來達到自己的目的。我們跟朋友打電話，不可能只說一句「你好」，我們會經過問候、說明為什麼打電話、結束等多個環節。同樣，我們寫一篇作文，告訴別人我們的一個想法，也不能用一句話來完成。為了把單個的句子組合成有條理的語篇，學習者需要學習語篇語法，也就是如何根據語篇的需要對普通的句子結構進行調整。比如，單獨來看，例1中的兩個句子都是正確的句子，如果只是把它們放在一起（例2），似乎也沒有什麼不可以，但是講漢語的人往往會進行一些改變，例3提供了幾種可能的方法。這些改變都是為了更好地表明前後兩個句子或短語之間的關係。

例1

a. 我來到學校。

b. 我的朋友已經離開了。

例2

我來到學校，我的朋友已經離開了

例3

a. 我來到學校，發現我的朋友已經離開了。

b. 我來到學校，才知道我的朋友已經離開了。

c. 我來到學校，同學告訴我我的朋友已經離開了。

d. 我來到學校，被告知我的朋友已經離開了。

e. 我來到學校，可是我的朋友已經離開了。

f. 我來到學校的時候，我的朋友已經離開了。

g. 我來到學校，不巧我的朋友已經離開了。

第二，語言的使用不是固定不變的，而是隨著情景因素的不同採用不同的表達。有一篇文章寫一個女大學生來到一個公司實習，她對實習很不重視，經常遲到早退，她的指導老師看到這種情況，忍不住批評她，她回答說：「人家實習沒錢嘛。」我們來分析一下這個女大學生的回答，我們先把她的回答改成：「我實習是沒有錢的，所以我不可能重視。」然後比較一下二者有什麼不同。我們首先看到，女大學生使用的詞語是「人家」，而不是「我」。在漢語中「人家」可以表示「我」，但是多由女性來使用。這個大學生用「人家」而不是「我」用來提醒她的指導老師自己的性別，請他不要太嚴格，多照顧一下女孩子。第二句末出現了一個「嘛」，這個語氣詞往往用來表示說話人認為很明顯、很清楚的事實或理由。因此照女大學生看來，她實習不認真是有充分理由的，指導老師本不應該責備她。所以我們說，女大學生用一個簡單的句子表達了豐富的內容：她雖然表面上接受指導老師的批評，但實際上認為指導老師的批評過於挑剔，但礙於雙方地位的差異，她不會公開地反對自己的指導老師，而是企圖利用自己女性的弱勢地位來取得指導老師的同情和照顧。因為語言是在社會上使用，並用來達到各種各樣的目的，因此，對於學習者來說，只掌握了語法上正確的句子，而不會根據不同的情景使用適當的句子，只能算成功了一小半。一位語言學家這樣說：「學習語言就是要學習：什麼人對什麼人，為了什麼目的，什麼時候，說什麼。」

在進行語言交際時，交際的成功在很大程度上依賴於交際雙方對意義的協商。因此可以說，語言並不是一套包含固定意義的自足的系統，使用者只要發出符合語法的句子就可以順利地達到自己的目的，聽話人也可以順利無誤地解讀出發話人的意義。實際上，成功的交際依賴於雙方在交際過程中不斷進行協商，才能達到互相理解，進而實現交際的目的。下面一則簡單的對話來自老舍的《茶館》：宋恩子和吳祥子靠給當局抓人來賺錢，他們想藉口檢查王利發的茶館來撈點錢，但是表面上卻說是給王掌櫃留面子。對話中宋恩子提出王掌櫃每月交給他們一定數量的錢來補償他們，在他還沒有直接說出「錢」這個詞時，吳祥子打斷他的話說「那點意思」，宋恩子趕緊表示同意。王掌櫃也同意不提錢，而說「那點意思」，問他們「那點意思是多少」。因此在這個對話中，交談的雙方經過協商一致同意用「意思」來代替「錢」，而不用直接提到「錢」。這種用法反映出宋吳兩人既仗勢欺人敲詐王掌櫃，又裝作十分客氣和大度的虛偽面目。

例4〔老舍《茶館》〕

王利發：二位，二位！您放心，準保沒錯兒！

宋恩子：不看，拿不到人，誰給我們津貼呢？

吳祥子：王掌櫃不願意咱們看，王掌櫃必會給咱們想辦法！咱們得給王掌櫃留個面子！對吧？王掌櫃！

王利發：我……

宋恩子：我出個不很高明的主意：乾脆來個包月，每月一號，按陽曆算，你把那點……

吳祥子：那點意思！

宋恩子：對，那點意思送到，你省事，我們也省事！

王利發：那點意思得多少呢？

吳祥子：多年的交情，你看著辦！你聰明，還能把那點意思鬧成不好意思嗎？

總之，語言的使用擴大了語言的潛能，同時使得語言學習的任務加重了。學習語言不僅需要學習語言結構本身，還需要學習語言使用的規則。並且這二者都需要在語言的使用過程中來完成。

三、語言的比較

語言是人類最重要的交際工具，但人類並不使用一種統一的語言。不同的國家和地區使用不同的語言，但是我們並無法確切地說出世界上到底有多少種語言。據有的專家估計，人類現在使用的語言，大約在3000種到4000種之間，其中70%的語言沒有文字。各種語言的使用人數懸殊很大，除了漢語，還有英語、俄語、西班牙語、印地語、印尼語、阿拉伯語等語言使用人口較多。雖然每種語言的社會地位很不相同，但是作為一種語言本身都是一種完美的交際工具，都能夠為使用該語言的社團或國家提供服務。因此，在語言學家看來，所有的語言都是平等的。但是並不是所有的語言都會被作為外語來教授和學習，被作為外語來教授和學習的語言往往是具有文化價值和實用價值的語言，如拉丁語、梵語、英語、法語、西班牙、漢語、日語等等。

所有學習外語的人都會有一種習慣，把所學習的外語跟自己的母語進行比較，他們會發現所學習的外語跟自己的母語既有許多相同點，也有許多不同點。在學習中，母語有時候給外語學習帶來便利，有時候反而干擾了外語的學習。

在發音方面，外語往往包含一些母語中沒有的語音。比如在英語中沒有漢語的ü[y]，但是這並不意味著這個音對講英語的學習者特別困難。講英語的學習者只有把英語中的[i]發成圓唇音就可以了。又如漢語中做韻尾的-n[n]、-ng[ŋ]在英語中也是存在的，但是仍然會給講英語的學習者帶來一些麻煩。原來漢語中的-n[n]、-ng[ŋ]拼寫與發音是一致的，並且發音跟後面的輔音沒有關係。在英語中如果n、ng出現在詞尾，情況跟漢語一致，英語學習者不會出現問題。但是當n、ng出現在詞中，拼寫和發音就不一致了，如出現在字母k、g前面n一般要發[ŋ]。受到母語英語的影響，有些英語學習者遇到「三個」[sankə]、「請進」[tɕ ‘iŋtɕin]，就發成了[saŋkə]、[tɕ‘intɕin]。此外，漢語輕聲和兒化對母語為英語的學習者也存在一定的困難。

在辭彙方面，很多詞語都是同中有異，不完全對等。在漢語中對於父親的兄弟做了區分，比自己父親年紀大的稱作伯父或伯伯，比自己父親年紀小的稱作叔父或叔叔；但在英語中統統用uncle一詞來稱呼。在漢語中對於結婚也有兩個詞語來表示，如：「他娶了一個西方人。」或者：「她嫁了一個南方人。」在英語中這兩種情形都可以用「marry」來表示。在漢語中，可以說「打籃球」，但要說「踢足球」、「下棋」、「玩牌兒」、「彈鋼琴」、「拉小提琴」，但在英語中，這些不同的項目可以共用一個動詞「play」。正如我們前面所提到的，學習一個詞語（其實包括其他的語言項目、語音和語法等等）時，一定要把它放在該語言的系統中找出它的價值，單純地跟自己的母語對比，很難找出完全對應的成分。有時候，即使兩個詞語意義相近，它們的用法也不一定相同。如漢語的「結婚」雖然可以用「marry」來翻譯，但是在漢語中「結婚」是一個不能帶賓語的動詞，如不能說：「他剛結婚小王。」而必須說：「他剛跟小王結婚。」

除了普通的詞語，放在動詞後面做補語的一些詞語意義往往比較抽象、多變，在英語中也很難找到近似的詞語。比如「下去」一詞，可以表示趨向：「我把信給你帶下去。」但也可以表示其他的意義——主要是表示已經開始的動作或狀態的繼續，如「說下去」、「堅持下去」、「學下去」等。而與它相對的「下來」雖然也可以表示「繼續」，不過是表示動作或狀態從過去繼續到現在，例如：

例5

我開始學習漢語的時候，覺得漢語很難，我都想放棄了。在老師的幫助下，我堅持了下來，如今感覺漢語越來越容易了。我的漢語水平還不高，我還要堅持下去，直到熟練地掌握漢語。

此外漢語也同英語一樣，存在大量的熟語，特別是成語和慣用語，需要特別注意它們意義和用法上的特殊之處。雖然有一些熟語可以找到完美的對應表達方式，如「滴水石穿」（constant dropping wears the stone），但大多數熟語屬於同中有異，異多於同。例如漢語中有一個成語叫「對牛談琴」，用來比喻對愚蠢的人講很高深的道理或者說話不看對象。在英語中有一個成語叫「cast pearls before swine」，來自《聖經》。字面的意思是講把珍珠扔給豬，它的比喻義是把珍貴的東西扔給完全不懂得其價值的人，貶斥的意義比「對牛彈琴」要重得多。又如漢語成語「班門弄斧」是說在巧匠祖師爺魯班門前舞弄斧頭，用來譏諷不自量力的人，告誡人們不要在能人面前賣弄現眼。英語中也有一個類似的成語，叫「teach your grandmother to grope ducks」，只是用來比喻多此一舉，而缺乏批評人賣弄之意。除了書面語色彩比較濃厚的成語，還有一些口語色彩比較強的慣用語，如「打退堂鼓」、「拖後腿」、「戴高帽」、「吹牛皮」等等，在學習漢語時也要特別注意。

在語法方面，漢語與英語之間也存在許多差異。英語的句子以動詞為中心，動詞在形式上有各種變化；漢語的句子動詞不是必需的，動詞本身也不會隨著句子的時態等發生變化，表示時態和體等語法意義的語法標誌不是強制性的，在滿足一定條件時就可以不出現。例如雖然「了」可以表示事情的完成，也就是事情發生在過去，但是發生在過去的事不一定非用「了」不可。例6中a句使用了「了」和「昨天」表示句子敘述的是過去發生的事。b句開始的小句中使用了「了」，後面的句子就不用了。

例6

a 昨天我買了一本詞典。

b 昨天我上街了，先買詞典、圓珠筆，然後去理髮。

因此，在漢語中除了動詞和形容詞做謂語，還有兩種特殊的成分可以做謂語：主謂短語和名詞。如：

例7

他漢語很好，英語也不錯。

今天星期二。

在漢語中表示時間和地點的狀語通常放在句中謂語的前面，在英語中可以放在謂語動詞的後面。如：

例8

我2005年在上海學習漢語。

明年夏天我再來中國。

在漢語中修飾成分位於中心語的前面，在英語中有一些修飾成分可以放在被修飾成分的後面，如形容詞修飾anything、something、nothing、everything等不定代詞時，定語從句做修飾語時。例如：

例9

這是我昨天買的書。（This is the book which I bought yesterday.）

我有好東西給你。（I have something good for you.）

1. 人類的手勢非常豐富，可以表達的意義也很複雜，它們跟人類的語言相比，有什麼不同？
2. 你認為漢語難學嗎？為什麼？
3. 試把中國2010年上海世界博覽會的主題「城市讓生活更美好」翻譯成你的母語，並說明漢語與你的母語的異同？

2 漢語的特點

一、漢語的歷史

專家一般把漢語的歷史分為四個階段：

上古漢語	使用期可追溯至西元前3世紀以前，從有文獻可考的殷商時代一直到秦、漢。
中古漢語	從西元4世紀到12世紀，包括魏、晉、南北朝、隋、唐、宋。
近代漢語	從西元13世紀到19世紀，包括元、明、清，一般截止到鴉片戰爭時期（1840年）。
現代漢語	從20世紀開始到現在。

（邵敬敏，2001）

對於古代漢語，即使是中國人也需要專門的學習才能看懂。記載孔子言論的《論語》（約西元前400年成書）開頭有一段話：

子曰：「學而時習之，不亦說乎？有朋自遠方來，不亦樂乎？人不知而不慍，不亦君子乎？」

翻譯成現代漢語就成了這個樣子（楊伯峻譯文）：

孔子說：「學了，然後按一定的時間去實習它，不也高興嗎？有志同道合的朋友從遠處來，不也快樂嗎？人家不瞭解我，我卻不怨恨，不也是君子嗎？」

早期的近代漢語，現代人讀起來仍然有一定的困難。《景德傳燈錄》是完成於北宋景德年間（1004-1007）的禪宗語錄，上面記載了一則故事，原文如下：

> 有源律師來問：「和尚修道還用功否？」師曰：「用功。」曰：「如何用功？」「饑來吃飯，困來即眠。」曰：「一切人總如是，同師用功否？」師曰：「不同。」曰：「何故不同？」師曰：「他吃飯時不肯吃飯，百種須索；睡時不肯睡，千般計校。所以不同也。」律師杜口。

但晚期的近代漢語跟現代漢語已經很接近了，如清代（西元1616-1911）著名小說《紅樓夢》中的語言，現代的讀者一般也能看得懂了。

> 黛玉方進房，只見兩個人扶著一位鬢髮如銀的老母迎上來。黛玉知是外祖母了，正欲下拜，早被外祖母抱住，摟入懷中，「心肝兒肉」叫著大哭起來。當下侍立之人無不下淚，黛玉也哭個不休。眾人慢慢解勸，那黛玉方拜見了外祖母。賈母方一一指與黛玉道：「這是你大舅母。這是二舅母。這是你先前珠大哥的媳婦珠大嫂子。」黛玉一一拜見。賈母又叫：「請姑娘們。今日遠客來了，可以不必上學去。」
>
> 眾人答應了一聲，便去了兩個。

二、漢語的類型

一種語言可以根據不同的標準進行分類，漢語也不例外。

常見的一種分類方法就是譜系分類法，就是根據語言之間親屬關係的親疏程度把語言分成相應的語系、語族、語支，就好像把動物分成不同的綱目一樣。在譜系關係中離得越近的語言分化越晚，親屬關係越近，語言之間的相似點越多。例如英語和德語同屬印歐語系日爾曼語族西日爾曼語支，這說明二者有許多相似點，也就是說，一個英國人學習德語或者德國人學習英語會容易一些。另一種常見的語言法語與英語並不在一個語族，它屬於拉丁語族，同一個語族裏還有西班牙語、義大利語等。

根據這種分類方法，漢語屬於漢藏語系，它的親屬語言包括壯侗語族、苗瑤語族、藏緬語族的各種語言，如藏語、壯語等。專家估計漢藏語系包括400種左右的語言或方言，使用人口在10億以上，僅次於印歐語系的使用人口。關於漢藏語系語言的特點，專家認為有如下一些：（1）每個音節有固定的聲調；（2）在語法方面以詞序和虛詞作為表達語法意義的重要手段；（3）詞類上有量詞；（4）可以採用詞的重疊形式。

除了譜系分類，還可以以語言中詞的形態結構為依據對語言進行分類。語言學家據此把語言分成四種基本類型：

孤立語	這種語言基本上沒有表示語法意義的附加成分，形態變化很少。主要通過詞序和輔助詞來表示語法關係。例如漢語、越南語、壯語。
粘著語	有構形詞綴，一個詞綴只表示一種語法意義，詞根和詞綴結合得不緊密。常見的粘著語有日語、土耳其語、朝鮮語、芬蘭語等等。

屈折語	一個構形詞綴可以表示多種語法意義，詞根或詞幹與詞綴結合很緊密，往往不易分開，有時用內部屈折來表達語法意義，詞序因此沒有孤立語重要，如俄語、德語。
多式綜合語	動詞謂語包含各種複雜的成分，這些複雜的詞的形式往往相當於其他語言的句子。如美洲阿爾貢金語的akuo-pi-n-am（他從水裏拿起它），akuo是拿，-(e)pi-是水，-(e)n-表示用手，-am表示它。

最近有的語言專家根據句子的基本成分——主語（S）、動詞（V）和賓語（O）在簡單陳述句中的位置關係來給語言分類。這樣世界的語言被分為SVO型、VSO型、SOV型。語言學家認為，漢語屬於SVO型語言。

對一種語言還可以從功能上進行描述。漢語不僅是漢族人的民族語言，在有些少數民族地區還充當了族際語言的角色，此外它還是分布在世界各地的華僑或華裔的日常語言之一，還被選作聯合國的工作語言。專家估計，以漢語為母語的人大約有9.4億。

還有一個事實需要提及，漢語和漢字曾經傳播到中國的鄰國如日本、朝鮮、越南等，對這些國家的語言產生過重要的影響，如今在這些國家的語言中還保留一些漢語辭彙。專家把受到漢字影響的國家或區域稱為漢字文化圈，漢字文化圈的學生學習漢語可以利用這一便利條件。

三、漢語的特點

漢語有22個輔音，其特點是濁輔音較少，送氣與不送氣的對立是主要的區別特徵，例如「肚子」和「兔子」的區別只是由於前者的輔音不送氣，後者的輔音送氣。漢語共有10個元音音位和13個複合元音音位。漢語的音節結構比較簡單，最多可以包含四個音位。音節中元音占據主導地位，複合元音較多。輔音多出現在音節開頭，只有-n[n]、-ng[ŋ]可以出現在音節結尾。可以出現在音節開端和結尾的輔音個數為一，不存在輔音連綴現象。漢語語音的一個重要特徵是每個音節都具有聲調，聲調具有區別意義的功能，如：湯、糖、躺、燙四個音節發音相同，但聲調不同，表達的意義也完全不同。如果不帶聲調，漢語的音節數大約有400個；帶上聲調可產生約1200個不同的音節，這些音節組合成成千上萬個詞語。因此，漢語中同音現象十分普遍，在使用漢語表達時要注意避免同音造成的麻煩。如中國人在自我介紹的時候說：「我姓zhāng，立早章。」就是因為在漢語中同一個音節（zhāng），可能代表不同的漢字或詞語。漢語語音的一個優點在於音節之間的界限十分清晰，詞與詞之間很少發生語流音變。

漢語是一個具有悠久歷史的語言，擁有大量的文獻，因此積累了眾多的辭彙。中國最權威的《漢語大詞典》集古今漢語辭彙之大成，共收詞語37.5萬餘條。但是根據《現代漢語頻率詞典》提供的資料，8000個詞可以覆蓋現代閱讀材料的95%，也就是說掌握8000個漢語詞語閱讀漢語材料已經足夠了。

作為一個外語學習者，需要掌握多少漢語辭彙呢？根據《漢語水平辭彙與漢字等級大綱》的設計，學習漢語的外國人，學習四年需要掌握的詞語和漢字數量如下：

	第一年		第二年	第三、第四年	合計
	甲級	乙級	丙級	丁級	
辭彙	1033	2018	2202	3569	8822
漢字	800	804	601	700	2905

（一）現代漢語辭彙的特點

1. 語素以單音節為主，辭彙則以多音節為主，其中雙音節占主導地位。

2. 構詞法以合成法為主，並且合成詞的內部結構基本上與短語的結構一致，五種主要的構詞方式是：偏正式，如「鉛筆、黑板」；述賓式，如「安心、動員」；聯合式，如「語文、答應」；主謂式，如「司機、心虛」；述補式，如「改正、提高」等。

3. 由於現代漢語的語素在古代漢語往往是一個詞語，並且加上漢字較強的表意功能，使得現代漢語辭彙的理據性比較強，便於理解和使用。例如「數學」由表示計算的語素「數」和表示學科、學問的「學」組合而成，具有較強的分析性和理據性。

4. 漢語中語素、詞和片語的界限不是非常明確，例如「睡覺」在詞典裏是作為一個詞語收錄的，但是人們在表達時往往把它們分開，說成「睡了半天覺」，似乎把「睡」和「覺」都看作一個詞。這種現象在離合詞的使用上表現得特別明顯，講漢語的人既說：「他很生氣。」也可以說：「他生了半天氣。」等等。此外，有些片語由於使用頻繁，就凝固在一起並產生了新的意義，如「只見」逐漸失去其動詞特性，具有了連接句子的功能，所以不可以說：「我只見他在教室。」

5. 漢語辭彙在發展中也受到多種外來語言的影響，其中以英語對漢語辭彙的影響最大。在吸收外來詞的方式上，雖然漢語可以採用譯音、譯意的方法，但是總的來說，漢語傾向於對外來詞進行漢化，在譯寫外來詞語時喜歡加入表意的成分，如「卡車、芭蕾舞、可口可樂、幽默、T恤衫」，等等。

（二）漢語在語法的特點

1. 嚴格意義的形態變化不多，主要依靠語序、虛詞等其他手段來表示語法關係和語法意義。名詞＋動詞或形容詞可以構成主謂結構；如果顛倒了順序，就變成了偏正結構，如：「女孩漂亮」（主謂關係）—「漂亮女孩」（偏正關係）。漢語的虛詞很豐富，作用也特別重要。不同的虛詞代表不同的語法關係，如：「他們和學院」（聯合關係）—「他們的學院」（偏正關係）。此外，使用不使用虛詞也會帶來語義的變化，如「5斤西瓜」與「5斤的西瓜」不同，前者指一共有5斤西瓜，後者指重量為5斤的西瓜。

2. 在漢語中無法直觀地確定詞類，詞類與句法結構的關係也比較複雜，除了副詞只能做狀語外，其餘的詞類都可以充當多種句法成分，如下表（據邵敬敏，2001）所示：

	主要功能	次要功能	局部功能
名詞	主語、賓語	定語	狀語
動詞	謂語	定語	狀語
形容詞	定語	謂語	主語、謂語
副詞	狀語	—	—

3. 漢語中有大量的量詞，量詞的使用是強制性的，如一本書、一臺空調等。需要注意的是雖然量詞的使用有一定的理據性，但是也存在一定的約定性。並且古代漢語和現代漢語的量詞使用也存在差異，如古代遺留的表達方式中可以說「一條好漢」、「四條漢子」等，但是現代漢語並不能說「一條男人」。普通話裏說「一匹馬」，但是一些南方的方言可以說「一匹狼」（普通話用「隻」或「頭」）。

4. 主謂結構和述補結構

漢語中比較特殊的短語結構有主謂短語和述補短語。一個主謂短語如果加上語調就成為一個簡單的主謂句。如：「大家努力！」主謂短語除構成主謂句外，還可以在主謂句中充當主語、謂語、賓語、狀語、補語等成分。如：

大家努力才對。（主語）
成功靠大家努力。（做賓語）
他為人正直。（做謂語）
成功是大家努力的結果。（做定語）
他語氣堅定地說：「絕對不行！」（做狀語）
他氣得我要發瘋了。（做補語）

雖然很多語言都有補語，但與漢語的補語概念不同。在漢語中補語是用在謂語之後對其進行補充說明的成分。漢語中的補語包含幾種不同的類型：

（1）結果補語，如：「他已經做完作業了。」
（2）趨向補語，如：「他走進教室。」
（3）可能補語，如：「我聽不清。」
（4）程度補語，如：「我怕得要命。」
（5）情態補語，如：「她說得很清楚。」
（6）數量補語，如：「他讀了五遍。」
（7）介賓補語，如：「她坐在椅子上。」

可以充當補語的成分也是多種多樣，有動詞（短語）、形容詞（短語）、數量短語、少量的名詞和副詞等等。補語成分成為學習的難點還在於使用補語的句子有時候還牽涉到賓語，賓語和補語的位置也不是固定不變的。比如要說：「我們複習了一下午漢語。」而不能說：「我們複習了漢語一下午。」

5. 漢語的語法受韻律的影響較大。兩個音節構成一個自然的音步，三個音節也構成一個自然的音步，四個音節的詞語或短語應分為2+2，五個音節的詞語則應分為2+3，如：「東西／南北」、「巴基／斯坦」。在句法方法，句中最後一個短語結構必須滿足前輕後重的重音要求。因此在漢語中，「他閱讀書」不能說，但可以說：「他讀書」或「他閱讀書籍」。同樣，「他說了中文三年」不可以說，但可以說：「他學中文學了三年」、「中文他學了三年」、「他學了三年的中文」。在「把」字句中，不能說「把書合」，但可以說：「把書一合」、「把書合上」。在動補＋賓的結構中，充當補語的應為單音節的詞語，而不能是雙音節的詞語，如不能說：「他擺整齊了桌子」、「他走進去了教室」，但可以說：「他擺齊了桌子」、「他走進了教室去」。介賓結構出現在句末時，介詞跟動詞合成一個複雜動詞，如果使用「了」，應該用在複雜動詞（也可以說介詞）的後面，如可以說：「照片貼在了牆上。」不能說：「照片貼了在牆上。」

四、漢語難學不難學

從上面的介紹可以看出，漢語是一種具有悠久歷史的語言，具有大量的古典文獻，使用人口眾多。從語法的角度來看，它只是與其他語族的語言如英語、法語不同而已，並沒有什麼特別之處。但不少漢語學習者特別是西方的漢語學習者感覺漢語很難學，這是怎麼回事呢？我們說學習者的感受是有一定道理的。在剛開始學習漢語時，學習者遇到的困難是很大的。由於漢語不採用拼音文字，他們必須首先學會中文拼音來幫助給漢字標音；還必須一筆一畫地學習對他們而言如同圖畫一般的漢字；最後是與他們的母語很不相同的語法。三者加起來就使得學習漢語跟學習其他語言相比，要難得多。不過，我們知道拼音和漢字都只是學習漢語的工具，一旦你掌握了這兩個工具，你就可以專心來學習漢語的語法。與採用綜合性手段的語言相比，漢語更多地採用分析性的手段來表達語法意義，再加上漢語的許多語法手段並非強制性的，使得許多學習者覺得漢語似乎沒有語法。比如對於表完成的「了」，並沒有一條簡單的語法規則來說明它，以致學生感慨：我不「了」你「了」、我「了」你不「了」。也就是說漢語的語法不是那麼硬性的，而是比較富於彈性的。這一點對於講母語的人來說不成問題，但對於把漢語當作外語來學習的外國人則構成了挑戰。因此對於學習者來講，要抓住漢語的語法特點，比如語序和虛詞很重要，高度依賴語境等。學會基本的語法，有了一定的基礎，就不會覺得漢語難學了。換句話說，漢語屬於開始難後來容易學習的一種語言。

1. 你覺得漢語的特點有哪些？

2. 你知道跟下列名詞一起使用的量詞嗎？

一（　）書；一（　）襯衣；一（　）報紙；一（　）筆；

一（　）餅乾；一（　）啤酒；一（　）床；一（　）鞋；

一（　）狗；一（　）馬

3. 把下面的一些詞語或短語按照正確的順序排列起來，組成句子。

（1）您／臥鋪／箱子／把／下邊／可以／放在

（2）很好／這件襯衫／顏色

（3）這個隊／不太好／得／踢

（4）我／就／看了電視／做作業

（5）我們／爬了／山／一個鐘頭

（6）我／半個小時／等了／他

（7）我們／學校／回／去／吧

（8）他／好／寫／得

（9）我／一次／吃過／小吃

（10）史密斯／躺著／在床上

3 外語學習的過程

一、外語學習觀念

學習外語與學習數學、化學的方法一樣嗎？怎麼才能學好外語？學習生詞很重要嗎？朗讀課文很重要嗎？需不需要抄寫課文？學習外語可不可能到達母語者的水平？每個人對於學習外語都會有這樣那樣的看法，這些看法就是你關於外語學習的觀念。雖然不一定每個人都能夠清楚地意識到或者說出自己的外語學習觀念，但每個人對外語學習肯定都會抱有一套固定的看法。這些觀念當然會受到本國的文化傳統和教育傳統的影響，也可能來自於過去的學習經驗。專家們發現，許多人的外語學習觀念往往包含了許多錯誤或矛盾的觀念和思想。成功的外語學習者經常反思自己的外語學習觀念，找出其中不合理的因素，並加以改變。

二、外語學習過程

一個小孩子似乎隨隨便便就學會了自己的母語；一個成年人似乎花了很多時間也無法學會一門外語。人們在學習外語時大腦裏發生了什麼？人們是怎麼學會一門外語的？這些問題一直困擾著人類。由於無法直接觀察到在學習過程中人們的大腦是如何工作的，只能根據人們說出或寫出的話推測人們的學習過程，因此對於外語學習的過程人們只有一個大概的瞭解，有很多問題還沒有合理的答案。

有的專家提出，如果用電腦來類比大腦的工作原理，對於外語學習的過程可以用下面的圖示來表示：

輸入→|攝入 → 第二語言的知識|→輸出

按照這個模型，學習者通過交際活動或課堂學習接收到一定的語言材料，其中一部分被學習者吸收，經過學習者的認知活動轉化為第二語言知識，然後學習者根據這些知識進行語言表達。學習者的語言表達也會成為學習者的輸入材料，幫助學習者修正自己的語言知識。這個模型囊括了語言學習過程所包含的主要因素，並對這些因素之間的關係進行了說明。不同的研究者對於學習過程的不同側面有不同的看法，形成了許多關於外語學習的理論。這裏介紹幾種比較流行的外語學習理論。

傳統的行為主義學習理論認為，學習一門外語跟學習騎自行車、學習游泳沒有什麼區別，主要是通過外部的刺激來引發正確的反應，養成固定的習慣。在這個過程中錯誤的反應應該儘量避免並得到糾正，正確的反應給予鞏固，通過反覆地練習，學習者就可以掌握外語的表達習慣。為了避免學習者犯錯誤，需要對學習者的母語與所學的外語進行對比，預測出學習者可能出現錯誤的地方。

行為主義的學習理論只注意外語學習的外部過程，對學習者學習外語的內部過程幾乎不予注意，因此對許多重要的問題無法提供合理的的解釋。中介語理論則把學習者在學習過程中所掌握和使用的語言系統看作是獨立的一種語言系統，這種語言系統會逐漸向外語的語言系統靠攏。並且學習者的中介語系統雖然會受到學習者母語的影響，但是也會受到學習者其他認知加工過程的影響。

在解釋外語學習者的學習過程中，有的專家強調語言的特性對外語學習的影響，如主張語言共性理論的學者提出，語言的標記性對外語學習有很大的影響。而心理學家更多地從人的一般認知能力的角度來研究學習者在處理外語學習任務時所採用的方法。這些專家認為，外語的學習過程就是外語的內化過程。在這個過程中，學習者需要對外語的規則進行選擇並加以組織。這需要兩種不同的技能，一種是自動化，用來把外語輸入規則化；另一種是重組技能，將已經獲得的語言資訊組織起來並加以輸出。認知學習理論特別強調外語學習過程中資訊加工的自動化，就是所掌握的語言知識不僅是規則化的，還必須是高度自動化的，這樣才能實現高級技能的順利實現和完成。

此外，還有一些專家從文化融合的角度來研究外語學習，他們認為，在學習一種外語時，學習者跟所學外語的社會及心理距離對他們掌握外語也有十分重要的影響。因為這些外在的社會及文化環境會影響學習者的態度，影響學習者對外語輸入的態度，從而影響到學習者對外語的掌握。比如，如果特別喜歡所學的語言和外語國家的人民，則外語學習者就會很積極地學習這門外語，尋找各種機會與外語國家人民交往；反之，如果不喜歡所學的語言及外語國家的人民，則會產生一定的牴觸情緒，進而影響到學習的積極性和最終的學習效果。

三、對漢語學習者的啟發

一個外語學習者不一定非要瞭解外語學習的理論才開始學習一種外語，但是瞭解專家們對於外語學習的看法也是十分必要的。理解了外語學習過程和特點，學習者可以對照自己對外語學習的看法，反省自己的外語學習過程，找出適合自己特點的外語學習方法，更自覺地控制和管理自己的外語學習。

（一）雖然外語學習專家承認所有的學習者都可能經過自己的努力學會外語，但是學習者必須明白，學會一門外語並不是一件容易的事，需要經過長期的艱苦努力。那種許諾一個月或者三個月學會一門外語的課程，也許只是一種商業廣告。對於漢語，教學專家認為，花上兩年的時間來學習可以讓學習者達到中等的水平，一年時間只能達到初級的水平。專家所謂的一年時間大約相當於800-1000個小時的學習時間。並且教學專家建議，最好集中一段時間學習漢語，使你的語言水平達到一定的程度，才不會輕易忘記，才有利於進一步提高。如果剛學了一點就放棄，很容易忘記，然後你只能重新開始。這樣斷斷續續地學習不如集中學習來得合算。

（二）主流的外語學習理論都強調學習者主動學習的重要性。學習外語是學習者利用各種方式掌握外語規則的過程，在這個過程中，學習者需要發現、建立規則，還要不斷修正規則，因此學習外語是一個不斷試錯的過程。僅僅靠單純的模仿是不夠的，學習者要勇於嘗試，勇於犯錯，在使用外語中學習外語。學習者在學習時要做到舉一反三，通過自己的認知努力來發現問題，找出外語使用的限制，用自己的方式來建立規則。例如：漢語有三個詞語「旅行、旅遊、遊覽」都可以表示到某地去參觀，但用法很不相同。前兩個詞語是不及物動詞，不能帶賓語，如不可以說「旅行上海」、「旅遊上海」，而要說「到上海旅行／旅遊」；「遊覽」是及物動詞，可以帶賓語，可以說「遊覽上海」。此外還有一些其他的區別，如要說「旅行社」、「旅遊業」。學習者只有通過不斷嘗試，才能夠發現它們各自的特點和用法。只是滿足於老師或者教材告訴你的內容，是無法真正學會漢語的。

（三）對外語知識學習者不能僅僅滿足於知道，重要的是會用。語言知識雖然也是一種可以分析的知識，但是更是一種自動化的知識。學會使用一門外語是一項高度複雜的技能，裏面包含了許多細小的技能，需要高度的自動化。也就是說，人們在說一句話的話時候，如果還要想著這句話的語法，還要想著構成句子的詞語和發音，他恐怕就無法流利地說出這句話；只有當語法和辭彙都不那麼需要特別的注意，而主要把注意力放在要表達的意思上時，人們才能較好地進行交流。這些不需要特別注意的知識就是自動化的知識，就像一個人騎自行車騎得很好，你如果問他怎麼騎車，他恐怕也說不清楚。自動化的知識是通過大量反覆的練習達到的，因此除了多問為什麼，學習者需要做的就是練習、練習、再練習，把很多基本的技能掌握好，然後才可能說得很流利，寫得很優美。

（四）為什麼成人學習外語沒有小孩子學得快？在生活中我們有時會發現這樣的現象，如果一位父親帶著孩子來到中國，父親參加了一個漢語班專門學習漢語，他的兒子只是跟中國小朋友一起玩耍，結果小孩子很快掌握了基本的會話，父親卻還說不出簡單的漢語句子。按理說，成人具有更強的認知能力，為什麼在學習外語時輸給小孩子呢？一個主要的原因就是成人在學習外語時已經具有了很強的自我意識，在學習一種新的語言時總有一種矮化的感覺，在使用外語時總覺得無法表達自己複雜的思想，因此會產生牴觸和氣餒的心理，無法輕鬆而投入地來進行學習。與此相關的一個原因是，成人過多地依靠自己的分析能力，而忽視了把分析性知識轉化為自動化知識的訓練，反而阻礙了他們語言技能的提高。因此成人要學好漢語關鍵的一步是在不丟失自己分析能力強的前提下，花更多的時間練習漢語，一步一步地來提高自己的水平，而不要想一步登天。

1. 你覺得學習外語與學習歷史相同嗎？
2. 你覺得學習漢語與學習其他外語有什麼不同嗎？
3. 你學習漢語時最有效的方法是什麼？
4. 你喜歡讀課文嗎？你覺得讀課文有什麼用處？
5. 根據下列例句，總結動詞「奔」的用法：

   a 他一下課就往食堂奔去。

   b 他一下課就奔向食堂。

   c 他一下課就直奔食堂。

4 學習者個人因素

一、學習者的個體差異

研究外語學習過程的專家強調外語學習過程是一個相對固定、有一定順序的發展過程，但是這個過程也會受到其他因素的影響，比如學習者個體差異的影響。在生活我們可以發現，同在一個班上學習的人不僅接受能力有差異，學習的方法也很不相同，最後的學習結果當然也不盡相同。學習者學習成績的差異在很大程度上是由學習者本身存在的差異決定的。這些差異包括一些先天性的因素，也包括一些後天性的因素，它們對外語學習都或多或少有一些影響。每個學習者都是獨特的，都有自己的長處和短處。作為外語學習者，你需要瞭解自己的特長，做到揚長避短，同時也要多觀察他人的學習，努力做到取長補短。

二、學習者的先天因素

先天因素主要包括智力和語言潛能兩種。

關於智力，我們可以看到，在母語學習過程中，除非弱智兒，一般兒童都能學會自己的母語。那麼在外語學習過程中，智力是否也不重要呢？有的專家（Cummings，1979）提出，語言能力包括兩種不同的能力，一是認知／學習語言能力，它與一般智力有關；二是基本人際交際能力，它是口頭交際能力的重要組成部分，是影響社會語言能力的因素。因此這些專家認為，如果是在自然環境中學習外語，智力將不是一個決定因素；但是如果是在課堂上學習外語並且側重語言形式的學習，智力將起相當大的作用。研究發現，智力高的學習者能夠選擇有效的學習策略來完成學習任務。

有些心理學家試圖通過測試來找出人們學習外語的能力，他們發明了一種叫著語言能力測試（Language Apititude Test）的考試方式，來預測學習者外語學習的成功與否。他們認為，外語學習能力應包括四個獨立的能力：（1）語音編碼能力，用來應付語言輸入的處理；（2）語法敏感性，指從語言材料中推斷語法規則的能力；（3）歸納性語言學習能力，指組織和操作語言材料的能力；（4）聯想記憶能力，指吸收和同化新語言材料的能力。

外語學習專家認為，語言潛能是學習外語的能力傾向，是一種天生的能力。語言潛能高的學習者比語言潛能低的學習者學得快、學得好。不過，研究者更加看重的是語言潛能測試可以幫助研究者或語言教師發現學習者是分析能力占優勢還是綜合能力占優勢。分析能力占優勢的學習者強調規則和準確性，綜合性占優勢的學習者強調流利性和以範例為基礎的學習，還有一些學習者則比較均衡。不同類型的學習者在處理不同的學習任務或處在不同的學習環境下各有利弊，分析性的學習者過分注重學習語言形式和語法規則，卻無法提高實際的語言交際能力；綜合性的學習者可以較早地獲得流利的語言表達能力，卻由於忽視語言規則的學習而導致語法準確度偏低。因此，不能說哪種類型的學習者是最好的，也不存在適合所有學習者的學習方法。

三、學習者的後天因素

（一）年齡

在研究母語學習時，Lennerberg發現，兩歲至青春期是兒童學習母語的關鍵期，在此期間，兒童可以不費力氣學會任何一種語言。有的專家把這個結論推廣到外語學習上，認為外語學習也存在一個關鍵期，要學好外語必須從關鍵期之前開始，過了關鍵期學習效率會降低。但是有一些外語學習專家不承認有外語學習關鍵期的存在，他們認為語言的發展是連續的，不是只有一個關鍵期，而是有多個關鍵期，因此從什麼時候開始學習都可以學好一門外語。

不過專家們也承認兒童和成人在學習外語方面各有優勢。兒童學習外語時更多通過交往的方式，通過綜合的學習方法來學習，沒有太多情感上的負擔，花的時間較多，不在乎犯錯誤。此外，兒童的模仿能力強，學習興趣高。成人則具有較強的分析能力和學習能力，記憶力好，百科知識豐富，學習動力強，具有學習經驗等；但同時也有一些對學習外語不利的特點，如害怕失敗，不願意模仿，不願意進行單調的練習，不願意開口與人交談等等。因此，可以說，兒童和成人學習外語各有優勢，並不是說成人就不可以學好一門外語。經過刻苦的努力，成人也可以講一口流利而漂亮的外語。

（二）性格

在心理學中把人的性格主要分為兩種：外向型性格（extrovert）與內向型性格（introvert）。兩種不同的性格對外語學習有什麼影響呢？

研究的結果仍舊是不同的性格類型在處理不同的學習任務時各有優勢。外向型性格的學習者討厭一成不變的學習方法，喜歡面對面的口頭交際，喜歡冒險，敢於使用外語來交際，不怕犯錯，在掌握人際交流技巧方面占有優勢，但是他們往往不太注重語言的形式和語法的準確性。內向型性格的學習者喜歡固定的學習程序，不在乎長時間學習語言形式，喜歡通過獨立的思考來獲得語言知識，喜歡書面交往，使用外語時注重語法的準確性，一般會在頭腦中預演，在語法、翻譯和閱讀理解方面具有優勢。

（三）學習風格

學習風格指學習者進行學習的偏愛方式，它不受教學內容和教學方法的影響。學習風格包含多個因素，如認知、感知、情感、個性等等。在認知風格上一般區分場獨立型和場依賴型。場獨立型的學習者比較注意語言細節，場依賴型的學習者則看重整體。此外，場獨立型的學習者對自己的學習有明確的管理意識，場依賴型的學習者更多地依靠教師來管理學習。

在感知風格方面一般把學習者分析為聽覺型、視覺型、動覺型三類。不同的感覺類型對不同的感覺渠道具有特殊的優勢。除了瞭解自己的感覺類型，發揮自己的優勢，學習者還需要嘗試其他的感覺方式，儘量做到眼耳口手腦並用，增加外語學習的強度。

情感風格指的是學習者在學習過程中對待人際關係的慣常方式，如有的學習者喜歡深思熟慮，考慮好才回答問題，有的學習者喜歡快速回答，等等。在外語學習中常常會遇到一些難題，一時找不到答案，對於這種情況有的學習者一定要停下來找到答案才能繼續學習，有的學習者則選擇暫時放在一邊，繼續學習。研究發現，好的學習者對語言學習中的含混現象保持一定程度的容忍，既不過度拘泥細節，又不過度容忍含混，能夠在學習過程中發現問題解決問題，能夠輕鬆地處理外語學習中的難題，在學習中不斷完善和提高。

（四）焦慮

焦慮是一種緊張不安的情緒，外語學習者特別是成人外語學習者都會體會到這種情緒。成人學習者由於擔心在練習和使用外語時顯得十分笨拙，從而使自我形象降低，往往產生強烈的焦慮情緒。外語專家認為，過於強烈的焦慮情緒使學習者無法正常發揮自己的認知能力，阻礙了學習者吸收語言材料，使他們無法參與正常的學習過程，無法輕鬆投入語言技能的訓練，從而影響了外語學習的效率和結果。因此外語學習者特別是成人外語學習者要有意識地調節自己的情緒，不要讓過多的焦慮影響自己的學習。特別是在課堂上與其他人一起學習時放鬆心態，首先跟大家交朋友，努力營造一種友好、輕鬆的氛圍，一起學習一起進步。

（五）態度與動機

外語學習的態度指的是學習者對學習某種外語的態度，既包括對所學外語及該語言的使用者的看法，也包括對該語言的文化的認可程度，還包括對學習這種外語的意義的看法。這些態度對學習者的學習動機產生影響，從而對學習者的學習效果起一定作用。關於學習動機，專家一般分為融入型動機和工具型動機。融入型動機指學習外語的原因是由於對外語或外語國家感興趣，希望與該國家人民交往，或期望參與該語言社區的活動。工具型動機指為了實際的目的而學習一種外語，如考試、找工作、移民等。但是有時候兩種語言學習動機又似乎很難截然分開。

還有的專家指出，不論學習者出於何種動機學習外語，學習本身的成功往往才是取得良好學習效果的關鍵。因此一方面需要堅持不懈，另一方面也要確立切實可行的目標，一點一點地取得進步，才能長期保持濃厚的學習興趣。

1. 當老師提問時，你是否願意回答問題？如果不願意，想一下你為什麼不願意回答問題。
2. 想知道你的性格類型嗎？請完成下列自測題（取自文秋芳，1995：198-200）。

（1）我通常喜歡

A 獨自工作

B 和大家一起工作

（2）我比較

A 不容易被人接近

B 容易被人接近

（3）我最高興的是

A 不與別人在一起

B 與大家在一起

（4）在聚會時，我

A 只與熟人進行交談

B 喜歡與生人交談

（5）在與別人的交往中我通常

A 不能及時地得到別人的消息

B 能及時地瞭解到別人的近況

（6）A 如果我獨自揣摩

B 如果我與別人討論

通常能把事情幹得更好。

（7）當與別人在一起時，我通常的特點是

A 不願意與別人述說自己的情況

B 開朗、坦誠、願意冒險

（8）交朋友時，通常是

A 別人主動

B 我主動

（9）我寧願

A 一個人待在家裏

B 參加沒有多大興趣的聚會

（10）和別人交際時，我總是

A 儘量少說話

B 興致很高，似乎有許多話題要談

（11）與一群人在一起時，我通常

A 等別人來找我說話

B 主動找別人說話

（12）當我一個人時，我感到

A 清靜

B 孤獨

（13）在課堂上我喜歡

A 獨自進行某項練習

B 參與小組活動

（14）當與別人發生爭吵或爭辯時，我喜歡

A 不講話，希望問題能自動解決

B 把話說出來，希望當時當地就能解決問題

（15）當我想把複雜的想法表達出來時，我通常

A 感到非常艱難

B 感到比較容易

將B的答案的個數相加，每個答案1分。得分越高，說明你的性格越偏向外向型。13以上，比較外向；9-12分，稍微外向；7-8分稍微內向；6分以下，比較內向。

3. 想知道你對含混現象的容忍程度嗎？請完成下列自測題（改編自文秋芳，1995：189-190）。

根據你的情況選擇答案。1表示完全不符合，5表示完全符合，其他三個數字表示處於1與5之間的不同等級。

（1）閱讀漢語教材時，如果有個別句子弄不懂，我一定努力弄懂。（1 2 3 4 5）

（2）我喜歡知道漢語語法中的所有具體規則。（1 2 3 4 5）

（3）我用漢語會話時，我不滿足於能大概理解對方的講話。（1 2 3 4 5）

（4）我對從上下文猜到的詞義總是不放心。（1 2 3 4 5）

（5）我儘量避免閱讀那些看不懂的材料。（1 2 3 4 5）

（6）我喜歡漢語課組織得井井有條。（1 2 3 4 5）

（7）聽漢語時，我一碰到不懂的單詞就心慌意亂。（1 2 3 4 5）

（8）當不能用語法規則解釋某個語言現象時，我總是感到不放心。（1 2 3 4 5）

把1-8題的得分相加，19分以下說明對含混現象的容忍度比較高；20-24分說明對含混現象的容忍度適中；25分以上說明對含混現象的容忍度比較低。

5 明確學習目標

一、你為什麼學習漢語

人們出於各種各樣的原因學習漢語。無論你由於什麼原因學習漢語，要想獲得成功，你必須牢牢記住你學習漢語的原因，明確你的學習目標，一步一步地向著這個目標努力。大致說來，人們學習漢語的原因有以下幾種：

（一）為了工作的原因，許多人學習漢語是由於在工作中需要跟使用漢語的人交流，如同事、生意夥伴、服務對象等等。

（二）為了社會交際，有人學習漢語是希望能跟講漢語的人交往，為了能在中國旅行時方便一些，等等。

（三）為了教育的目的，有人學習漢語是為了在中國完成大學教育，或者為了短期的交流項目等等，或者為了完成跟中國有關的合作研究等等。

（四）還有人學習漢語是因為喜歡看中國的電影、電視，喜歡中國的流行歌曲，喜歡中國的古老文化，還有人僅僅是由於漢語難學而學習漢語，等等。

二、明確你的學習目標

每個人的學習目標可能不是單純的，例如你可能是為了在中國讀大學而必須學習漢語，同時你也喜歡跟講漢語的人交往，並且希望將來在工作中能使用漢語。但是不管你的目的是什麼，你必須為自己確立一個明確的目標，對你學習漢語用來做什麼、到達什麼水平有一個清晰的要求。

明確你的學習目標有助於你選擇不同的學習項目。如果你僅僅為了將來到中國旅行方便，你可以選擇一個短期速成的漢語班，學習一些固定的短語或句子就可以了；如果你是為了將來用漢語完成專業學習，最好選擇一個長期的、系統的漢語學習課程，牢固地掌握好漢語的基礎語法和辭彙。如果你為了跟中國的同事用漢語交流，漢語口語將是你的學習重點；但如果你將來在中國學習其他專業，寫作將是必不可少的要求。時刻牢記你的學習目標，不僅可以幫助你選擇適合你的學習項目，也可以幫助你在學習時把學習的內容跟你的目標聯繫起來，把不那麼合適的學習材料加以巧妙轉化。比如如果你的學習目的只是想學會漢語跟中國同事聊天，但是你的課本卻包含了很多中國的成語故事，你可以把所學的成語故事改成對話的形式，跟你的同學練習用對話的形式來講述成語的故事。明確你的學習目標，也有助於你很好地跟教師交流，讓教師明白你學習的重點是什麼，他怎麼更好地幫助你完成你的目標。

三、檢查目標的落實

有了一個明確的學習目標之後，你才能有效地檢查目標的落實完成情況。在學習一段時間後，你就可以自己進行檢查，看看你的目標是否達到；如果沒有達到，原因是什麼，如何加以改進。如果你的學習目標是能夠閱讀中文的報紙，在學習一段時間後，就可以找一份中文的報紙來看看你是否能完全看懂，或者你能理解多少。這樣的檢查可以幫助你瞭解你的學習進展，也可以幫助你確立今後學習的目標。但前提是你必須對自己的學習目標有一個清楚的界定。只有你自己才明白你現在的水平是否達到了你的目標，如果沒有達到，還有多遠的距離。

如果你不太瞭解自己目前的漢語水平，你也可以通過各種考試，來大致瞭解你的漢語水平，進而衡量目前的水平和你的目標之間的距離。根據中國內地漢語教學的慣例，一般來說，學習一年（大約800小時），可以達到初級的水平；學習兩年（1600小時）可以達到中級的水平。但是你必須明白，所謂的初級和中級都是一個大致的劃分，並且是針對你的綜合的水平，並不能對你的聽、說、讀、寫各項技能提供更多的資訊。

你也可以參加正規的漢語水平考試來瞭解你的漢語水平。比較通行的考試是國家漢辦舉辦的新漢語水平考試。據國家漢辦的介紹，新漢語水平考試（HSK）是「中國國家漢辦組織中外漢語教學、語言學、心理學和教育測量學等領域的專家，在充分調查、瞭解海外實際漢語教學情況的基礎上，吸收原有HSK的優點，借鑑近年來國際語言測試研究最新成果」而推出的新型漢語水平考試。

新HSK是一項國際漢語能力標準化考試，重點考查漢語非第一語言的考生在生活、學習和工作中運用漢語進行交際的能力。新HSK分筆試和口試兩部分，筆試和口試是相互獨立的。筆試包括HSK（一級）、HSK（二級）、HSK（三級）、HSK（四級）、HSK（五級）和HSK（六級）；口試包括HSK（初級）、HSK（中級）和HSK（高級），口試採用錄音形式。各個級別的意義如下：

HSK（一級）	可以理解並使用一些非常簡單的漢語詞語和句子，滿足具體的交際需求，具備進一步學習漢語的能力。
HSK（二級）	可以用漢語就熟悉的日常話題進行簡單而直接的交流，達到初級漢語優等水平。
HSK（三級）	可以用漢語完成生活、學習、工作等方面的基本交際任務，在中國旅遊時，可應對遇到的大部分交際任務。
HSK（四級）	可以用漢語就較廣泛領域的話題進行談論，比較流利地與漢語為母語者進行交流。
HSK（五級）	可以閱讀漢語報刊雜誌，欣賞漢語影視節目，用漢語進行較為完整的演講。
HSK（六級）	可以輕鬆地理解聽到或讀到的漢語資訊，以口頭或書面的形式用漢語流利地表達自己的見解。

（取自：http://www.hanban.edu.cn/tests/node_7486.htm）

除了以上這種較有影響的考試，在中國大陸還有商務漢語考試、實用漢語考試等可供選擇。必須指出的是，每種考試都有特定的長處和短處，都無法全面衡量學習者的漢語水平。其實只有學習者自己才最瞭解自己的漢語水平，各種漢語考試只是幫助學習者評價學習者學習效果的一個工具。並且只有根據學習者自己的學習目標，才能對自己的漢語水平做出合理的評估，找出差距，作為進一步學習的方向和目標。例如國內的高等院校一般把新HSK4級作為進入理工專業學習的最低標準，如果通過一年的學習達到了4級，這是否意味著你可以輕鬆地進入理工專業學習了呢？在你實際開始專業學習時，你就會發現你還要面臨許多學習上的困難，聽不懂老師的授課、看不懂老師的板書，不能用漢語完成老師布置的作業，無法完成大量的漢語閱讀等等。因此，千萬不要迷信你的漢語水平考試成績，它可能會告訴你你的大致水平，但是能不能用漢語完成你希望完成的任務，只有通過實踐你才會發現。

1. 你為什麼學習漢語？對你來說，聽說讀寫哪種技能更重要？
2. 大致計算一下你現在的學習中用於學習聽說讀寫各項技能的時間哪種更多一些？與你的學習目標是否一致？
3. 你參加過什麼漢語考試？這種考試主要的考試內容是什麼？是辭彙？語法？閱讀？還是寫作？這種考試能夠告訴你一些什麼資訊？

6 管理你的學習

一、學會對自己的學習負責

能不能學會一門外語，成功的關鍵在於你是否願意對自己的學習負責。學會一門外語是一件複雜而費力的事情，當學習不順利時，很多學習者把原因歸於外在的因素，如教科書沒有意思、老師教得不認真、自己工作太忙等等，他們很少從自己身上尋找原因。這樣做雖然能安慰自己，但是對你的學習卻沒有太多幫助。你必須明白，學習任何東西，你必須自己負起責任來才能學會。因為只有你才最瞭解你的學習目標，只有你才最瞭解你自己，只有你才最瞭解你用了多少時間來學習漢語。並且在這個世界上無論一個學習課程多麼完美，也不可能百分之百地滿足你的要求，只有你才最清楚如何利用這個課程來達到自己的目的。因此從你決定學習漢語開始，你必須學會對自己的學習負責。你必須認識到，只有靠你的努力和老師的幫助，才能達到你的目的。如果在學習中出現了問題，你一定首先要問自己，有什麼地方可以做得更好，而不是首先尋找其他的原因來安慰自己。

二、管理你的學習

做一個負責任的學習者，你需要對自己的學習過程進行管理。首先你需要確立明確的學習目標（參看第5章），然後你需要制定一個切實可行的學習計畫。開始學習後，你還要不斷地監控自己的學習過程，適時地進行評估和分析，不斷加以改進，尋找出適合你自己的學習方法和策略，一步步地實現自己的目標。因此學習是一個「計畫—評價—改進」的循環過程，學習者不斷反思自己的學習，逐步改進自己的學習，才能做到事半功倍。

三、制定學習計畫

在對自己的學習目標提出了明確而具體的要求之後，你需要根據現實的條件找出達到這些目標的有效方法和途徑。你需要做出一系列的選擇，為自己制定出切實可行的學習計畫。這個計畫包含：

（一）決定採用何種學習方式

常見的學習方式有三種：一是參加正規的漢語學習課程；二是通過在生活和工作中自然地學習；三是自學。各種方式都各有優缺點，需要根據你自己的條件決定。正規的漢語課程提供正式的漢語訓練，有合格的教師指導你學習，有固定的時間和學習場所，可以跟其他的學習者一起練習漢語等等。缺點是需要花費大量的時間，需要付出一定的金錢。第二種方法沒有學習壓力，不需要額外的時間，不影響你的生活和工作，但是學習效率低下，可能無法學會標準的漢語等等。第三種方法需要投入一定的時間，需要有高質量的自學材料，並且需要學習者有一定的自律性和學習能力。你需要根據你自身的條件以及你的學習目標，做出合理的選擇。如果你的目標是為進入中國的大學做語言準備，最好還是進入正規的學習課程進行學習，他們有合格的師資，有進行漢語培訓的經驗，有可靠的考核方法來衡量你的漢語水平。如果你的目標只是能夠跟一起工作的中國同事聊聊天，通過在工作中學習也不失一個不錯的選擇。

（二）選擇合適的教材

在選擇教材時你需要考慮所選擇的教材是系列教材還是單本教材。如果是後者，在學習完本教材後你需要選擇跟它配套使用的教材。

除了教材的系統性以外，你還需要考慮教材的針對性。不同的教材出於不同的目的，採用不同的方法來編寫和組織語言材料。常見的教材組織方式有：

1. 課文型——通過課文來學習語言結構，訓練語言能力。
2. 結構型——以語法或句法結構的難易來安排教學內容及其順序，有利於學習者語法能力的訓練。
3. 功能型——根據功能項目的常用程度安排教材內容，有利於學習者掌握常用的語言功能，但有時無法很好地兼顧語法結構的系統。
4. 話題型——以話題為綱來安排教材內容，在話題中突出功能和結構，有利於培養綜合使用語言的能力，但對於結構和功能很難兼顧。
5. 文化型——以文化知識為綱，結合語言教學來安排內容，有利於文化知識的傳授，有助於交際能力的培養，但很難兼顧語言的訓練。此外還有把兩種要素結合在一起的教材，如「功能—結構」教材、「結構—功能」教材、「話題—功能」教材等等。不同的教材對聽說讀寫四項語言技能的培養各有不同的側重，適合在語言學習的不同階段採用。學習者需要根據自己的學習目標，採用適合自己需要的教材。在選擇教材時還要注意教材的流行程度，流行的教材比較容易獲得，還可以得到相應的輔導材料等。

（三）選擇適合的教師

教師有時候是無法選擇的，但如果你有選擇的條件，你需要根據自己的學習風格選擇你喜歡的教師來一起學習。在選擇教師時，首先當然要考慮教師的專業背景，他是否是專門的語言教師？他是否受過專門的訓練？他是否能夠很好地解釋你的問題？其次是觀察他的教學方法，他喜歡講述規則還是舉例來說明？他鼓勵學習者嘗試還是讓學習者死記硬背？當學習者說漢語時，他耐心聽完，還是打斷學習者糾正他們？他是否努力用漢語來解釋漢語？如果你學習漢語遇到問題，是否可以很方便地得到他的幫助？他的知識是否豐富？他對學習者的問題是否很有興趣？他是否鼓勵學習者按照自己的風格學習？

（四）選擇合適的學習時間

學習任何一種語言必須有一定的時間保證，漢語也不例外。如果你已經決定學習漢語，一定要保證用於學習的時間。如果你必須一邊打工一邊學習，正式的漢語課程也許並不適合你，因為正規的課程需要按部就班學習，缺席會造成你跟不上整個班級的進度，無法真正參與班級的學習。在這種情況下，選擇一個能夠靈活安排時間的學習項目也許更能滿足你的需要。你必須每天留出固定的時間用於學習，並且安排好用於預習和複習的時間。這些時間最好相對固定，比如晚上花兩個小時學習，一個小時用於複習，一個小時用於預習新的學習內容。

在安排時間時要留有餘地，不要安排得太死，比如假設你週五晚上無法安排出兩個小時的學習時間，一定要在週五上午或中午留有相應的時間作為備用時間。花上一兩年的時間每天堅持不懈地學習，比花上四五年的時間三天打魚兩天曬網式地學習要有效得多。特別是在初學階段，堅持學習是十分必要的。就好象一個正在學習游泳的人，如果只會了一點點就放棄了，第二年再學時還得從頭開始。有的學習者多次重複從頭學習漢語，就是因為沒有堅持下去，使自己的漢語達到一定的水平，達到能夠運用而不會忘記的程度。

四、監控和評價

監控和評價是保證學習進步的重要步驟，也是學習者對自己學習負責的重要體現。它主要包括三個方面的內容：監控學習行為；平時學習測評；改進學習方法。

監控學習行為的一個重要方法是在完成學習任務時要對自己完成的效果進行反思，特別要留意老師對自己言語表達的反饋，注意自己所犯的錯誤，並且針對不同的錯誤類型進行處理。此外，在使用漢語進行交際的過程中除了資訊的交流，也要注意交際對象的反饋，改進自己的語言表達。學習者最好養成記日記的習慣，對自己一天的學習或發生的問題進行記錄，這樣有利於你注意到你反覆出現的問題，並思考其原因。即使不願意花時間來記日記，也可以在一個星期結束時對自己的學習情況進行回顧，找出不滿意的地方，並分析其原因。

平時學習測評指的是利用各種練習和測驗來檢驗自己的水平，發現自己學習中的不足之處，並設法改進。雖然各種測驗都有其特定的目的，但學習者通過測驗也可以對比自己對學習的估計與老師對學習的評價，從中找出差異，用於反思自己的學習。特別是當測驗結果與自己的估計相距甚遠的時候，學習者更需要思考其中的原因，聯繫自己平日的學習習慣，找出解決問題的方法。學習者需要避免的一個習慣就是只看成績，而不去具體分析測驗的內容，不去進一步改善自己的學習。

不管是監控自己的學習或是利用測驗來檢驗自己的學習，其目的都是為了找出差距，尋求改善的方法。如果學習者發現按照現在的學習方法，無法達到理想的效果，可以通過跟教師交談、跟其他學習者交談，閱讀有關學習方法的書籍等途徑，找出改進的方法，並加以實踐，看看是否有效果。對於不同的學習任務，學習者最好能找出多個解決方法。例如如何記住生詞，有的學習者習慣採用默寫的方法，有的學習者習慣採用聽錄音的方法，有的學習者喜歡用生詞造句的方法。學習者首先需要知道各種方法的存在，然後找出最適合自己學習風格、對自己最有效的方法。這是一個不斷摸索的過程，需要學習者不僅要努力學習，還要監控自己的學習，反思自己的學習過程，不斷嘗試，才能最終找到適合自己的方法。在這個過程中學習者由依賴教師學習變成自主的學習者。

1. 填寫下列日程表，一個星期後計算一下你一個星期的學習時間。

	星期一	星期二	星期三	星期四	星期五	星期六	星期日
6-7							
7-8							
8-9							
9-10							
10-11							
11-12							
12-1p.m.							
1-2							
2-3							
3-4							
4-5							
5-6							
6-7							
7-8							
8-9							
9-10							
10-11							
11-12							

2. 你是否經常觀察你的學習？如果你發現你的學習沒有進步時，你怎麼辦？
3. 你是否知道你經常犯的語法錯誤是什麼？
4. 你是否跟老師交流你的學習情況？

7 如何學習語音

一、學習普通話

在學習一種外語時，掌握外語的標準語音很重要。語音就相當於人的外貌，影響別人對自己的評價。由於文化傳統的不同，有些國家的學生不那麼重視語音學習，認為只要別人能聽懂自己的話就行了，能進行交流就行了，漢語發音標準不標準沒關係。外語專家認為，抱著這種想法學習語音是很不利的。雖然不能要求學習者到達如電臺、電視臺播音員那樣高的標準，但是學習外語的外國人還是要儘量按照高的標準來要求自己，要努力掌握標準的普通話。中國有句古話：「取法乎上，僅得其中；取法乎中，僅得其下。」因此在學習漢語語音時一定要嚴格要求自己，不斷提高自己普通話的水平。

我們知道，現代漢語以北京語音為標準音。但是這並不是說，北京話就是普通話，而只是說普通話的語音標準是依據北京話的語音系統而定的，北京話有很多土腔土調，並沒有被普通話吸收。同時這也並不意味著在北京以外的地方就學不到標準的普通話，隨著普通話在中國普遍推廣，很多其他地區的人們也能說標準的普通話。

如果有的學習者在開始學習漢語時學的不是普通話，而是漢語的一種方言，他需要十分小心他的語言使用。因為在中國跟在其他地區一樣，人們對講方言的人會有不同的評價，對有些方言的評價可能是負面的。雖然理論上說每種方言是平等的，但是實際上人們對講不同方言的人的態度可能是不同的。我們建議，一個外國人除非有特殊的目的，在學習漢語時，一定要學習普通話，而不是先學習漢語的方言。

二、語音學習的任務

有的學習者認為，學習漢語發音很簡單，就是學習中文拼音，學習漢語的聲母、韻母、四聲，大約用一個月的時間就夠了。實際情況並非如此，學會漢語的聲母、韻母、聲調只是學習漢語語音的一部分任務，只是為學習漢語語音打下了一個基礎。要想說一口漂亮的漢語，你學習的任務還很多。

（一）除了準確地發出一個個語音以外，你還要瞭解重音在漢語中的作用。如在不同的詞中，一些音節可能重讀，也可能輕讀，如，孔子（Kǒngzǐ）與孩子（háizi）中「子」的發音不同，表示的意思也不同。在句子中有些詞語需要重讀，如：我們**什麼**時候開始啊？

（二）字調和語調。一個字處在不同的環境中可能發生聲調的變化，如兩個第三聲連用，第一個第三聲要變成第二聲，你好（nǐhǎo）的發音變成了（níhǎo）。漢語的句調比較複雜，因為它會影響到句子結尾字調的高低升降變化。有的語言學家認為，漢語有四種句調：

1. 升調——句子末尾的語調略往上揚，用於呼喚、命令、疑惑等語句，如：

   哥哥，快來救我！↗

   他究竟是什麼人？↗

2. 降調——其句末音節略短、略下降，用於感歎、反詰、肯定、不快等語句，如：

他昨天又病倒了。↘

我希望你幫助我。↘

3. 平調——常用於敘述、說明或日常平靜的對話中，如：

明天下午開會。

你最近臉色不錯。

4. 曲調——由升調和降調混合而成，一般可分為降升調和升降調兩種，這樣用於表達某種較複雜的感情和語義，如諷刺、驚異、意外，或委婉、誇張等，如：

來開會的人可多了！

你呀你，怎麼不早說？

（三）停頓與節奏。在說一句話的時候，停頓放在不同的位置，表達的語法意義可能不同，例如：

我｜和太太的同學（太太的同學、我）

我和太太｜的同學（我的同學、太太的同學）

對於很長的句子人們不可能一口氣說出來，需要在合適的地方進行停頓。特別是對漢語水平還不高的外國人來說，掌握漢語的節奏規則是很重要的。在用漢語表達時如果不能掌握漢語的節奏，隨意停頓，就可能鬧出笑話。如下面一句話，本來並不長，但是一個外國留學生把它做了錯誤的切分，完全不符合原來句子所表達的意義。

*他已經愛｜上她了。

因此，學習漢語時除了聲母、韻母，還有很多東西可學，學習者應該把學習語音的任務貫串到學習漢語的整個過程中，這樣才能學會地道的漢語，才能高效準確地使用漢語進行交流。

三、學習語音的基本方法

專家都承認，學習語音並沒有什麼捷徑，最基本的方法是多模仿，多練習。

對於漢語學習來說，在開始階段要學習漢語的聲母、韻母和聲調。學習的時候，可以從聲母、韻母到音節（聲調），也可以從音節到聲母、韻母，通過反覆的練習，要達到基本掌握漢語的聲母和韻母，看到漢語的音節能夠正確而迅速地拼讀出來。普通的學習者通過一到兩個月的學習，大部分都能掌握漢語的拼音。在開始階段，不要擔心有一些語音發不準，因為在以後的學習中你還有很多時間練習發音，你的語音會慢慢地接近中國人的發音。學會說一口標準的普通話不是一天兩天就能完成的事，需要長期的磨練。

掌握了漢語的基本音節以後，就要通過詞語和短的句子來鞏固你的發音。你學習的課文最好帶有磁帶或者光碟，供你下課以後學習。在模仿發音的時候，第一個步驟要注意地聽，特別是你覺得困難的發音。第二個步驟是跟著讀，在聽完磁帶或光碟的發音之後跟著讀一遍，不要讀太快，儘量模仿磁帶的發音。如果覺得不滿意，可以重複跟讀三到四遍。第三個步驟是在磁帶或光碟發音時同時讀，試著覆蓋磁帶或光碟的聲音。第四步是自己讀。如果可能的話，把自己讀的錄下來，然後聽一下自己的錄音，或者請老師或者中國人聽一下你的錄音，請他們告訴你還有什麼地方不好，需要改進，再專門練習這些困難的地方。這個階段的語言材料要儘量短小，主要的任務還是用來鞏固你的基本音節和聲調，同時注意漢語的句調。

如果你已經到了中級或高級的階段，你需要選擇長些的句子來模仿。練習的步驟與練習短句子時基本是相同的，但是在聽第一遍之前，你需要自己對句子做些分析，把長句子分成幾個小的片斷，確定句子中其他需要注意的地方，如重音、語調變化等。你可以自己用一些符號在書上做些標記。然後再開始聽磁帶或光碟，對照磁帶或光碟檢查一下你的分析是否正確。剛開始的時候，你的分析可能不正確，但是堅持一段時間，你就會對漢語的重音、節奏、語調有更好的把握。到了中高級階段，還可以購買一些詩歌或者著名散文的錄音來反覆地聽和模仿，進一步提高自己對漢語語音的敏感和欣賞。

當然要學會一口地道的漢語，不斷地跟中國人交流也是十分必要的。特別是在聽中國人說話的時候，不要只是滿足於聽懂基本意思就夠了，要特別留心他們如何利用語音來表達細微的意義，來傳遞不同的感情色彩。如果你有一個較要好的朋友，你可以把你們的談話錄音，然後就一些你感興趣的地方跟他討論。這種學習將伴隨你學習漢語的整個過程。

四、如何改正頑固的不標準發音

無論你如何努力，由於母語的影響，總會有一些音你發得不那麼好。即使你的漢語水平已經達到了很高的程度，這個問題還是存在。如何處理這些問題呢？首先要弄清，這些不標準的發音問題到底有多嚴重。語言學家有一個基本觀點，就是語音是用來表達意義的，如果兩個語音的區別帶來意義的區別，那麼這種區別就十分重要，學習者必須學會這個區別；如果這種區別並沒有帶來意義上的區別，而僅僅是聽起來不那麼順耳，那麼這種區別就不那麼重要，如果學習者無法掌握這種區別，關係也不大。如在漢語中，送氣音和不送氣音是區別意義的，兔子（tùzi）和肚子（dùzi）完全是兩個不同的詞，如果發音錯了，意義也就混淆了。但是另外的一些發音特徵可能並不具有區別意義的功能，如北京有些年輕人把「四」的聲母[s]發成了齒間音[θ]，在漢語中人們並不會把這個發音誤會成「十」或者其他的詞語，頂多是聽起來有點奇怪而已。

首先要找出自己發不準的語音。有的學習者在學習過程中、在與中國人的交流中已經意識到自己有哪些發音的問題，但有的學習者還不清楚自己的發音困難在哪兒。可以讀一篇較長的文章，把它錄下來，送給你的漢語老師或中國人聽，請他們告訴你有哪些音你發不好。

外國學習者漢語發音的難點不盡相同，但也有一些共同點。在聲母方面，漢語存在送氣音與不送氣音的區分，如：b-p、d-t、g-k、z-c、zh-ch、j-q，並且漢語中清音多，濁音少。很多國家的學生（如英語國家的學生以及日本學生）會用清濁的區別來代替漢語送氣和不送氣的區別。漢語中的舌尖後音（zh、ch、sh、r）在很多語言中都沒有，對許多國家的學生來說都很困難。母語為英、法、德等的學生常用音色相近的舌葉音[tʃ]、[tʃ']、[ʃ]等代替zh、ch、sh，日本學生則多用j、q、x或z、c、s來代替zh、ch、sh。f-h、n-l不分是部分日本學習者常見的問題。在韻母方面，英、俄、日等語言中都沒有ü這個元音，給很多學習者製造了麻煩。此外還有很多學習者在區分-n／-ng上發生困難。

為了攻克這些頑固的發音，除了儘量模仿老師或磁帶的發音，學習者也可以參考一些關於發音的說明和解釋。語音學家在描述一個語音時採用的方法有兩個，一是說明發音的部位，解釋發音器官的哪些具體部位參與發音；二是發音方法，解釋用什麼方法來發出語音。學習者可以參考用自己母語寫作的教材或參考書來弄清楚困難的語音到底是怎麼發出的，具體揣摩自己的發音存在什麼問題，如何改進。比如用舌葉音代替捲舌音的學習者會發現，舌葉音的發音部位靠前，嘴唇往往向前突出，而漢語的捲舌音雙唇是向兩邊展開的。

除了瞭解發音部位和發音方法的異同，重要的還是放在詞語中間進行對比練習，最好是選擇具有最小差異的一對詞語進行練習，如：四（sì）—市（shì）、男的（nánde）—藍的（lánde）、西服（xīfú）—西湖（xīhú）、金門（jīnmén）—荊門（jīngmén）等等。可以請你的老師或朋友先發這些音，仔細地聽，直到你能聽出二者的區別，然後再自己練習。如果確有困難，可以向那些已經能區別這些音的同胞詢問，看看他們有什麼好的方法來掌握這些難音。練習一段時間後，再找到老師或朋友，讓他們聽聽你的發音是否有進步。去掉那些你已經掌握的發音，專門練習剩下的難音，一點一點地把頑固的發音錯誤攻克。

1. 利用下面的音節表，來檢查你的發音，看哪些音你發得不太好：

bō	bái	bēi	bào	běn	béng	biǎo	piào	bù	fū
fā	pà	méi	mén	méng	zài	sān	zǒu	sù	zuò
cí	sì	zì	dì	dà	tā	dé	dào	diǎn	duì
nǎ	le	lái	liǎng	nǐ	lǐ	lù	nǚ	lǜ	tǐ
zhì	chī	zhè	chǎn	zhōng	chèn	chéng	zhù	shuō	chūn
shì	rì	shǎo	shàng	shòu	rén	shēng	shuì	jù	quán
xiàng	xióng	qī	xiǎo	xiān	jìn	jīng	xué	qù	qún
jǐ	jiā	jiè	jiǔ	jiàn	guān	guāng	kuài	kū	huà
kè	hé	gè	gōng	guó	yín	yíng	wǔ	wǒ	wēng
rōng	èr	yī	yě	yào	yǒu	yòng	wèi	wǎn	yǔ

（取自：朱川、葉軍《快速測音》，
見周健主編《漢語課堂教學技巧325例》，有改動）

2. 對下面的長句子進行切分，找出可以停頓的地方。

尤其是去年10月，我們幾個外籍教師和留學生一起去參觀了一個小漁村。說是漁村，可我們看到的卻是一幢幢紅瓦白牆的小樓房。

8 如何學習辭彙

辭彙在外語學習中占有重要地位，英國語言學家Wilkins（1973）說：「沒有語法，人們可以表達的事物寥寥無幾，而沒有辭彙，人們則無法表達任何東西。」但是學習辭彙並不是像有人主張的那樣，要靠背詞典、背生詞表，而要根據不同的情況採用多種多樣的方法。

一、學習生詞

學習者往往通過閱讀材料來學習生詞，一般的教材總是先出現一篇課文，然後出現生詞表。例如：

兩次選擇

大學畢業後，我要到中國當英語老師，可是父母不同意。因為我的家在一個小城市，有關中國的消息很少，父母總認為中國非常落後，而且我要去的又是一個不太知名的地方，他們擔心我一個女孩子在那裏不安全，會受苦，所以勸我在國內找工作。但是好奇心驅使我不顧父母的反對，毅然選擇了來中國工作。

來中國時，行李上百斤，父母恨不得把什麼都給我帶上，甚至還帶了很多速食麵。

來中國後，我感到特別吃驚。北京，那麼雄偉；煙臺，那麼美麗。尤其是去年10月，我們幾個外籍教師和留學生一起去參觀了一個小漁村。說是漁村，可我們看到的卻是一幢幢紅瓦白牆的小樓房。走進這個小小的漁村，只見家家樓前是綠樹鮮花和草坪，街道乾淨整齊，漂亮極了。中午，我和同事一起去姓陳的漁民家吃飯，陳家夫妻兩人和他們的女兒熱情地接待了我們。他們家有一幢小樓，樓上樓下五六個房間，有臥室、廚房、客廳和衛生間等。房間裏有彩電、冰箱、空調和音響，應有盡有，簡直像一個豪華的賓館。農家飯真香，烤白薯、煮玉米、玉米麵餅子，當然還有海鮮，魚蝦螃蟹，樣樣俱全。臨走時，主人非讓我帶走一大包白薯和餅子不可。後來，我把看到的這一切寫信告訴了父親。但是，父母以為我怕他們擔心，故意撒謊騙他們。他們半信半疑，決定親自來看一看。

1. 落後（形） luòhòu	remain at a undeveloped stage; lag behind
2. 知名（形） zhīmíng	well know;famous; noted
3. 受苦 shòu kǔ	suffer (hardships); have a rough time
4. 好奇（形） hàoqí	be curious; be inquisitive
5. 驅使（動） qūshǐ	prompt; impel; drive
6. 不顧（動） búgù	in spite of; regardless of; have no regard for
7. 毅然（副） yìrán	resolutely; firmly; determinedly
8. 恨不得 hèn bu dé	one wish one could; one would if one could; be dying to
9. 上（動） shàng	up to; as many as
10.速食麵（名） sùshimiàn	instant noodles
11. 雄偉（形） xióngwěi	grand; imposing and great
12. 外籍（名） wàijí	forein nationality
13. 漁村（名） yúcūn	fishing village
14. 幢（量） zhuàng	measure word for house
15. 瓦（名） wǎ	tile
16. 樓房（名） lóufáng	building of two or more storeys

17. 草坪（名） cǎopíng	flat area of closely cut grass; lawn
18. 街道（名） jiēdào	street
19. 乾淨（形） gānjìng	clean; neat and tidy
20. 整齊（形） zhěngqí	in goog order
21. 漁民（名） yúmín	fishermen
22. 接待（名） jiēdài	welcome; receive
23.衛生間（名） wèishēngjiān	toilet
24. 彩電（名） cǎidiàn	colour TV
25. 冰箱 （名） bīngxiāng	refrigerator; freezer
26. 空調（名） kōngtiáo	air-conditioning; air-conditioner
27. 豪華（形） háohuá	posh; sumptuous
28. 賓館（名） bīnguǎn	hotel
29. 農家（名） nóngjiā	peasant family
30. 香（形） xiāng	savoury; appetizing; (as opposed to smelly 臭) fragrant ; aromatic
31. 煮（動） zhǔ	boil; cook
32. 玉米（名） yùmǐ	corn
33. 麵（名） miàn	flour
34. 餅子（名） bǐngzi	pancake baked with maize or millet
35. 海鮮（名） hǎixiān	fresh seafood, e.g. sea fish, shrimp, etc.
36. 蝦（名） xiā	shrimp
37. 螃蟹（名） pángxiè	crab
38. 俱全 jù quán	complete in all varieties
39. 主人（名） zhǔrén	host; one that receives guests
40. 包（量） bāo	bundle; pack; bag
41. 撒謊 sā huǎng	tell a lie; lie
42. 半信半疑 bàn xìn bàn yí	half-believing, half doubting
43. 親自（副） qīnzì	Personally; (do sth. by) oneself

（取自：楊寄洲編著《登攀・中級漢語教程》（第一冊））

有的學習者拿到這樣的學習材料，往往先一個一個學習生詞，看一看每一個生詞後面的外語翻譯（如上表中的英語）。如果教材沒有提供外語翻譯，他們就利用詞典，把生詞的外語對應詞一個一個查出來，寫下來。然後就開始閱讀課文。這樣孤立地學習生詞是達不到好的學習效果的，首先因為一下子學習很多生詞，難度太大；其次是方法單調，記憶不牢。

我們建議，在學習生詞之前，先看一下文章的標題和文章的第一段，以瞭解文章的大概範圍。通過標題和文章的第一段，我們大概猜測到這篇文章講的是一個外國學生到中國的故事。這樣我們就會知道，要學習的生詞跟這個故事有關係。

第二步是，先大致看一篇生詞表，把其中已經熟悉的生詞去掉。這是一篇供中級學習學習的課文，生詞表中的一些生詞你可能已經學過了，如：速食麵、乾淨、衛生間、冰箱、蝦、麵、包等等。如果你確信你已經熟悉這些詞語，你可以把它們從生詞表中劃掉。當然有可能你認為某個生詞已經學過了，但是現在學習的是該詞新的用法，如「包」，你可能已經學過書包、包裹等，但現在學習的「包」是一個量詞，用來說明事物的量，如「一包書」。

第三步是區別對待不同的生詞。語言專家把人們使用的辭彙分成兩類，一類是主動辭彙，即人們會用的辭彙，一類是被動詞語，即人們能理解的辭彙。每一個母語或外語使用者的被動辭彙都大大超過他們的主動辭彙。對於兩類不同的辭彙，要採用不同的學習方法。對於主動辭彙，不僅要理解，還要會用。對於被動辭彙，達到理解就夠了。如果你不知道哪些詞語更重要、更常用，可以諮詢老師，或者查詢有關的詞典。

在學習詞語時，不管是主動詞語還是被動詞語，僅僅通過詞典找出該詞語的外語對應詞是不夠的。必須記住，在兩種語言中完全對等的詞語是非常少的，利用對應詞進行互譯只是學習辭彙的一種不得已的輔助手段。學習詞語的意義和用法最好觀察它們如何跟其他的詞語一起使用。不同的詞語出現在不同的組合關係中，辭彙學習跟語法學習密切相關。

對於名詞，要瞭解跟它配合的量詞，如上面生詞表中出現的「樓房」一詞，它的量詞是「幢」，你最好在「樓房」一詞後面寫上「一幢樓房」。名詞的前面可以出現形容詞，如：豪華的旅館。反過來，對於一個形容詞，你需要瞭解它常常跟哪些名詞一起使用，如：「雄偉」＋「長城、富士山、大廈」等等。對於一個動詞，如果可以帶賓語，你需要記住幾個常用的賓語，如：「接待」＋「客人、來賓、代表團」等。有的動詞對出現在前面的主語有特別的要求，如「驅使」，我們可以寫一個句子：好奇心驅使我來中國工作。我們可以把「好奇心」標出來，下面寫上「非生物」，表示「驅使」的主語往往是抽象的、非生物的事物。

對於主動詞語，最好用該詞語造兩個句子，並特別注明該詞語需要注意的地方，如「驅使」一詞。又如「撒謊」一詞，是一個離合詞，不能在後面出現賓語，必須通過介詞引出賓語。我們利用詞典寫兩個句子：「他對父親撒了一個謊。」／「你平時撒謊太多了，所以現在沒有人相信你。」第一個句子告訴我們，可以用「對」來引出賓語，還可以在撒謊之間用「一個」等數量詞。第二個句子告訴我們把表示數量的「太多」放在撒謊的後面，還有跟它意義有關的詞語「相信」。在我們學習課文時，課文裏的句子還可以給我們更多的幫助，如關於撒謊，課文裏的句子是：父母以為我怕他們擔心，故意撒謊騙他們。在這個句子中，「撒謊」與「騙」一起使用。

對於被動詞語，雖然不需要造句，還是需要找出跟它們一起使用的詞語，並且要聯繫以前學習過的詞語，能夠區分不同詞語的特殊色彩。

在一種語言中，往往存在許多的同義詞或近義詞，它們的基本意義沒有什麼不同，但是帶有不同的色彩。有的詞多出現在口語中，有的詞多出現在書面語中，如「機會（口）／機遇（書）」、「想（口）／思考（書）」。有些詞語之間存在感情色彩的不同，如「成果（褒義）／結果（中性）／後果（貶義）」。用的詞語只能在關係親密的人們之間使用，如：「冤家、討厭」等，還有的詞語比較粗俗，需要小心使用，如「混蛋」（小心）。學習者在學習這些詞語時，最好在每個詞語後面用括弧表明需要注意的地方，以免發生理解錯誤，甚至使用上的錯誤。

在學習生詞時可以同時學習課文，檢查自己是否理解課文的內容。也可以先學習生詞，然後學習課文。不論採用哪一種方法，都不要以理解為滿足。你需要在課文學習過程中檢驗和鞏固生詞學習的結果。因此對於每一個生詞要注意跟它一起使用的詞語是什麼，你可以用不同顏色的筆把它們標出來，如「熱情地接待、當英語老師、不顧父母的反對」，等等。對於一些起連接作用的詞語，更要注意前後句子的關係。例如：「說是漁村，可我們看到的卻是一幢幢紅瓦白牆的小樓房。」第一個小句裏開始的一個詞語「說是」起什麼作用呢？前面的句子提到，「我」和同事去參觀一個漁村，這個句子用「說是漁村」開頭，意思是雖然人們都說「是」，但實際的情況卻不像，因此在後面的句子裏出現了「可」、「卻」等表示轉折的連接詞語。因此「說是」這個詞語雖然跟「雖然」的意思相近，但是它往往跟前面的句子也有關係。對這些詞語一定要聯繫上下文來學習它們的用法。

總之，不要僅僅把課文當作是一篇閱讀材料，讀懂了就行了，而要把課文當作學習生詞的最好途徑，特別是學習詞語意義和用法的最好途徑。在課文中要特別注意詞語與詞語之間的聯繫及互相之間的位置。

二、使用詞語

要想學會一個詞語，就要不斷地使用它。對詞語的練習和使用分兩類：一類是在學習有關的課文之後進行各種各樣的練習，來鞏固和加強對所學詞語的掌握。在練習所學的詞語時，可以根據課文所提供的材料，反覆進行練習。練習的難度可以從易到難，逐步加大難度。第一步可以選擇幾個重要的詞語，把課文中使用這些詞語的句子抄錄下來。第二步叫模仿造句，根據課文中的例子造出類似的句子。

例

範例：父母恨不得把什麼都帶上。

造句：父母恨不得馬上來中國。

他恨不得馬上見到他的女朋友。

第三步可以自己來完成句子，如：「我恨不得馬上拿到簽證。」

第四種練習是根據課文內容進行「提問—回答」練習，來練習有關的詞語。如根據課文，可以寫出下列問答：

例

Q：大學畢業後，「我」打算做什麼？

A：大學畢業後，「我」打算到中國當英語教師。

Q：「我」的父母同意我到中國當英語教師嗎？

A：「我」的父母不同意。

Q：「我」的父母為什麼不同意？

A：他們擔心中國不安全。／他們擔心「我」在中國不安全。

…………

這個練習既可以口頭完成，也可以寫出來，或者先口頭做，然後再寫下來。如果對自己完成的句子沒有把握，還可以詢問老師或者講漢語的人。

第五種練習是自己重新來寫課文。你可以假裝是「我」的父母，從他們的角度來講述這個故事，在講述中儘量使用本課使用的生詞。你也可以假裝是「我」的朋友，收到了「我」從中國寄來的信。你甚至可以想像自己是陳家的女兒，講述一下外國人參觀你的家的經過。要充分發揮你的想像力，用不同的方法來使用所學的詞語，講述不同的故事。

第二類練習稱作自由的練習。你要養成習慣，儘量多用漢語來表達你的思想。多說漢語，多用漢語寫作。比如，給朋友發短信、發伊妹兒、寫博客、給別人的博客寫評論等等。在用母語閱讀或寫作時，遇到你認為精彩的詞語，要想一想在漢語中怎麼表達。

三、複習生詞

如果不經常複習，已經學過的生詞就會發生遺忘，所以經常複習是非常重要的。

你需要準備一個活頁的小本子，把所學的生詞全部記下來，可以按照拼音來排序，以方便查找。除了拼音，你需要寫下每個詞語的漢字寫法，常用的搭配，一兩個好的例句。必要時還要注明這個詞語特別需要注意的地方。這樣你可以經常翻看你自己的生詞本，對所學過的生詞進行複習。不要總是按照拼音順序來複習，你可以故意打亂順序來複習。對於要複習的詞語，要注意複習的時間間隔。根據遺忘先快後慢的規律，開始間隔要短，比如一天一複習，然後是幾天一複習，最後是幾個星期、一個月、半年。複習時可以用另一張卡片遮擋著拼音，看自己是否記得該詞的寫法；也可以遮擋著漢字，看自己是否記得該詞的發音；等等。

複習生詞時，不要一個一個孤立地來記憶，要採用聯繫的方法。要把該詞跟所學過的其他詞語聯繫起來，比如近義關係：「不顧—不管」；反義關係：「香—臭」；上下位關係：「海鮮—螃蟹」；音近關係：「主—住」，等等。

要充分利用構詞的知識來幫助記憶，如「速食麵」、「農家」、「不顧」等可以進一步切分，你所學過的漢字和其他詞語都可以幫助你建立多方面的聯繫，如「不顧」一詞，過去你可能學過「照顧」、「顧客」等詞語，所以「顧」就是考慮和照顧到的意思，這些詞語包含有共同的意義。又如「餅子」一詞可以跟「月餅」一起記憶，因為月餅其實也是一種餅子。

在漢語中也存在很多借詞，如來自英語的借詞。如果你熟悉英語，在學習這些詞語時就相當便利了。如借音的詞語「引擎、雷達、T恤、巴士、巧克力」等，還有一些譯意的詞語，如「蜜月、熱狗、黑板」等等。

對於花了很多時間還記不住的詞語，你也可以使用一些特殊的方法來記憶。如「主人」，就是住在那裏的人，去他們家玩的人是「客人」，玩了以後要「走」。對於一幢樓房的「幢」，你可以想像一幅圖畫：一個開車的人頭上有一條毛巾（巾）擋著，所以他撞上了一所樓房。

四、擴大辭彙量

僅僅依賴教科書來學習生詞是遠遠不夠的，除了多多跟講漢語的人交往來學習新的辭彙以外，大量閱讀是擴大辭彙量的重要手段。

閱讀時要選擇一份你感興趣的報紙或雜誌，努力做到每天都讀一篇或一段文章。經常閱讀同一題材的文章，可以保證辭彙的複現率，幫助你複習和鞏固所學的辭彙和語法，是複習生詞的最好方法。

在閱讀文章時可以按照我們上面推薦的方法，先看一下標題，想一想文章大致的內容。然後是快速地閱讀，遇到生詞不要停下來，而是用鉛筆劃下來。這樣進一步幫助你瞭解文章大概的內容。然後進行第二遍閱讀，這時可以停下來弄清不懂的生詞的意義。但是先不要去查詞典，先來猜測一下生詞的意義。猜測並不是瞎猜，而是根據上下文提供的線索做出合理的推測。

根據的線索有三類：一是詞源或構詞法方面的知識，在漢語中以「子」、「頭」做詞尾的詞大都是名詞，如「桌子、筷子、木頭、磚頭」等。「們」也是名詞的一個特殊標誌，如「同學們、同事們、專家們」。用在「著」、「了」、「過」前面的詞大都可以放心地判斷為動詞。在猜測詞的意義方面，漢字的偏旁也可以給我們一些暗示，如用「扌」做偏旁的字詞表示手的動作。其他如用「足（⻌）」、「目」、「氵」做偏旁的字詞。

二是句法方面的知識。主語和謂語之間說明與被說明之間的關係，謂語與賓語之間的支配關係，定語與中心語之間的修飾、限制關係，狀語或補語與謂語之間的說明、補充關係都可以為我們猜測生詞的意義提供幫助。

例1

房東打開了收音機，流行歌曲帶著哭聲好像送喪似地傳到道靜的耳裏……

在讀這句話時，有些學生不明白房東的意思。根據它在句中的位置以及後面的動作，我們大致可以猜到「房東」指某種人。雖然我們不明白「房東」的確切涵義（「房東」指把房子出租給別人的人），但對於理解上面那句話已經足夠了。

再看下列句子：

例2

我用了三天時間，才把那篇論文看完。

例3

我飯也沒吃——這時候誰還嚥得下一口飯，一甩手走了。

例4

他跋山涉水，走了很多地方。

根據「看—論文」、「嚥—飯」、「跋—山」、「涉—水」之間的支配關係，我們才可以理解上述句子中動詞的意義。

例5

他躡手躡腳地走到她背後，用手捂住了她的眼睛。

例6

小孩用稚嫩的童音說：「謝謝阿姨！」

即使我們不可能準確地猜到「躡手躡腳」和「稚嫩」的意義，也可以大概知道前者是一種走路的方式，後者用來形容孩子說話的聲音。

第三種知識是話語平面的知識，指的是句子與句子之間的聯繫以及聯繫的方法和手段。也就是說，我們在理解一個詞語時，不僅要考慮該詞語所在的句子，還要聯繫包含該詞語的句子前後的語句，甚至是隔了很遠的句子。下面一段話中「什麼事都是天定的」可以很好地用來解釋「天作之合」的意義。

例7

結婚以後，她跟我學認字，我們的洞房喜聯橫批，就是「天作之合」四個字。她點頭笑著說：「真不假，什麼事都是天定的。假如不是下雨，我也到不了你家裏來！」

意義上的其他聯繫包括同義、反義、因果、方式、相關等等。

例8

她先是不說一句話，慢慢地，兩行眼淚從她一對大眼睛裏簌簌地往下直流，滴滴答答掉在她前襟上。她也不低頭，也不別過臉去，也不出聲，就這麼坐著淌眼淚。（「淌」與「流」意義相同。）

例9

我看這姑娘一臉正氣，不是輕狂的樣子，就跟她結了婚。（「一臉正氣」與「輕狂」意義相反。）

例10

他說藍五犯了大罪，要受懲罰。（「犯罪」是因，「受懲罰」是果。）

例11

我也拾了一個柿子，你掂量掂量，比你的重多了。（「掂量掂量」是瞭解物體重量的一種方式。）

例12

這個問題我們已經向領導提出來了，但到現在還沒有給我們答覆。（「提出問題」—「答覆」是相關的動作。）

實際上人們在猜測詞語的意義時是綜合使用上面提到的各種線索，而不是僅僅利用某一方面的線索。剛開始練習猜測生詞的意義時，可以按照下列的步驟。待到熟練掌握以後並不需要死板地遵循這些步驟。

第一步	劃出將要猜測的詞語。
第二步	確定該詞語的上下文，指包含該詞語的句子以及前後的句子。
第三步	利用上面介紹的線索進行猜測，包括該詞語是什麼詞類，是什麼意思。
第四步	檢驗。

首先檢查一下詞類是否符合該詞語所在句子的要求，然後看看按照猜出的意義那句話能否做出合理的解釋。如果你是利用某一類知識做出的猜測，可以利用另一類知識作為檢測手段。在例3中，我們利用「嚥一飯」之間的關係猜出「嚥」是吃之類的意思，在句子的前面還有「我飯也沒吃」，可以使我們確信猜測是正確的。

不要擔心有些詞語你猜不出它們的意義，也不要擔心猜的詞義含糊、不準確。重要的是你已經經過努力猜出了一部分生詞的意義，較好地理解了所閱讀的文章。經過你的努力學會的生詞也會記得更牢。

對於實在猜測不出的詞語，而且對理解文章的內容很重要的詞語再利用詞典來進行學習。學習時除了它們的意義，同樣要找出跟它們一起使用的其他詞語，把它們放在一起學習。

最後是把你認為重要的生詞寫到你的生詞卡片中，以備以後複習。

如果能做到每天閱讀一個小時，堅持不懈，你的生詞量將會逐日增加，你學習漢語的興趣也會更加濃厚。

1. 請按照本章介紹的方法，猜測下文中劃線詞語的意義。在完成之前一定不要查詞典。

   近幾年來，我國的辭書出版獲得了空前的繁榮，碩果累累。18年間我國有兩萬餘種辭書面世，其中包括一些國家重點規劃專案，如《漢語大字典》、《中國大百科全書》、《漢語大詞典》等。但是，辭書出版中的問題不容忽視。選題雷同、抄襲剽竊、粗製濫造、質量低下已經讓辭書消費者望而卻步。

2. 查詞典，寫出幾個使用「只見」的句子，並總結這個詞的特點。

9 如何學習語法

語法學習對於學習外語的重要性不言而喻，以致有的學習者把學習外語與學習語法等同起來。但是學習語法並不是學習外語的最終目的，而只是學習外語的一種手段。學習外語是為了使用這種語言進行交流，而不是僅僅為了通過語法考試。

一、學習語法是一個漫長的過程

學會一種語言的語法是一個漫長的過程，需要花費很長的時間和艱苦的努力。雖然每種語言的語法不一樣，但每種語言都擁有複雜的語法系統。不要相信漢語沒有語法的說法，沒有語法的語言是不存在的。因此要想在很短的時間，如一個學期或半年的時間就掌握漢語的語法，對大多數人來說，都是不太現實的。語法學習要堅持不懈，才能保證你的漢語逐步減少語法錯誤，逐步接近漢語母語者的標準。在具體學習中，可以在不同的時間段完成不同的任務。每一次也只學習一個語法點，不要貪圖一下子學會很多東西。

二、學習語法的兩種方式

學習語言（語法）有兩種方式，一種是在自然的環境中靠大量的接觸來學習，就如同小孩子學習自己的母語，或者被送到國外生活，並不需要專門教他們所在地的語言，他們在生活中自然就學會了這種語言；

另一種是通過學校或培訓機構的正規的教學來學習一種外語，課程中可能包括正式的語法教學。雖然第一種學習方式看起來很容易，但並不適合大多數的學習者，因為第一種學習方式需要大量的時間來接觸和使用所學的外語。大多數的學習者可能是在成年之後才開始學習一種外語，不論是在自己的國家，還是到目的語國家學習，你都不可能完全像小孩子那樣完全用所學外語來生活。因此第二種學習語法的方式就顯得非常重要，那就是在學校裏（當然也包括自學）非常明確地學習一種外語的語法，利用所學的語法知識來幫助你學習外語。雖然有些學習者討厭學習語法，但是大量的實踐證明，學習語法確實是學習外語的一種很有效的方法。因為人們所接觸的外語畢竟是有限的，靠這些有限的外語輸入，人們很難掌握一種語言的全貌，很難在一定時間內完成外語學習的任務。並且那些靠自然接觸學習的學習者雖然外語水平達到了一定的程度，但是在語法的準確性方面卻不盡如人意，往往給人留下不好的印象。

對於立志要學會一種語言的學習者來說，明智的做法是把兩種學習方法結合起來，互相促進。通過正式的語法學習為自己的語言使用提供一個堅實的基礎，以免張口、動筆就錯，失去學習的興趣。同時儘量尋找機會來跟講漢語的人交流，在使用漢語的過程中下意識地學習漢語的語法。對於那些有機會到使用漢語的地方學習的學生來說，一定要充分利用使用漢語交流的機會，盡可能多地跟漢語母語者交往，增加使用漢語的時間，提高自己對漢語的感覺。在這個過程中有些你花了很長時間學不會的語法，也許就在不知不覺中已經掌握了。如果你沒有機會到講漢語的地方學習，並不意味著你沒有機會練習和使用漢語。除了堅持聽漢語的廣播和電視、閱讀漢語雜誌以外，你也可以通過互聯網尋找一個練習漢語的夥伴。如果這樣的機會也難找到，尋找幾個志同道合者一起學習也是一個不錯的選擇。

三、掌握基礎語法

研究語言學習的專家相信，人們在學習外語的語法時遵循一定的順序，一個語法項目一定要等到學習者做好特定的準備才可能學會。不過從事漢語教學的專家從另外的角度來看待語法學習，他們認為，在一種語法系統中，有些語法項目比其他語法項目更重要，因為它們更常用，對今後的學習更有幫助，這就是一種外語的基礎語法。一個初學者需要學會這些基礎語法，才能夠為今後的學習打下牢固的基礎；一本初級教材也應該包括這些基礎語法才能為學習者提供有益的幫助。

一個初學者在學習一段時間後，可以找一本介紹漢語基本語法的參考書進行閱讀。一來幫助你對漢語語法的概貌有一個基本瞭解，二來可以檢查一下你對漢語基礎語法的掌握情況。如果發現自己對漢語基礎語法掌握得不太好，你不要那麼著急開始中級或高級階段的學習，因為那樣會使你的學習變得非常艱難。找出你掌握不好的語法項目，做些專門的練習來彌補。你閱讀的語法參考書最好帶有一些練習，幫助你檢查你對有關語法項目的掌握情況。

四、學習語法的方法

學習語法有兩種基本方法：一種叫做歸納法，根據你所學習的具體語言材料，從中找出語法規則，用這些規則來指導語言的使用。所以大量接觸漢語是非常必要的，只有在理解了大量句子的基礎上才能進行歸納。這種歸納可以是無意識的，你雖然說不出其中隱含的語法規則，但是你知道如何說才正確。有時候對語法規則的歸納是有意識的，你可以採用不同的符號、不同的顏色、列表等方法來清晰地描述語法規則。例如，在一個句子中如果既有賓語又有表示時段的詞語，二者的順序如何安排就成了一個關鍵問題。通過比較，你可以列出下面一個表，來幫助記憶這條語法規則。

I √	II √	III √	IV*
動詞＋賓語	動詞+時段	動詞＋時段＋賓語	動詞＋賓語＋時段
學漢語	學了三年	學了三年漢語（三年的漢語）	學了漢語三年*
看電影	看了兩個小時	看了兩個小時電影（兩個小時的電影）	看了電影兩個小時*
吃飯	吃了四個小時	吃了四個小時飯（四個小時的飯）	吃了飯四個小時*
……	……	……	……
等你	等了半天	等了半天你*	等了你半天

（取自：劉運同《教含有時段的賓語》，見周健《漢語課堂教學技巧325例》）

這個表格用來說明，在句子中既有賓語又有時段時如何安排它們的位置。一般的規則是：動詞＋時段＋賓語。例外的情況是：當賓語是人稱代詞（你、我）時，賓語可以緊跟在動詞之後。由於母語的干擾，有些學習者在構造這類句子時，往往採用句型IV。表格可以清楚地告訴學習者，除了代詞做賓語的情況，在漢語中句型IV是不合法的結構（帶星號的是錯誤結構）。

另外一種方式叫演繹法，就是先學習語法規則，再根據語法規則來練習和使用語言。如在學習時段表達時，學習者根據教材或語法書給出的規則：動詞＋時段＋賓語，嘗試用不同的動詞和賓語來完成句子，學習該語法規則。

無論採用哪種方法，你都要努力根據已經學會的漢語進行大量的嘗試和練習。最好按照自己的方式來發現這種語言的規則，因為這樣你才更清楚規則的意義。因為大部分的規則都存在限制條件和例外，只有通過不斷的嘗試，你才能找出這些限制條件和例外。例如上面的表格顯示，代詞做賓語可以放在動詞後面。其實，除了代詞，還有其他的語法形式也是可以放在這個位置的，馮勝利（2000：132）舉了下面的例子來說明這個問題：

例1

張三打了他兩個鐘頭。

張三打了那個人兩個鐘頭。

？張三打了幾個人兩個鐘頭。

？？張三打了兩三個人兩個鐘頭。

*張三打了三個人兩個鐘頭。

（？表示該句也許可以這樣說，*表示錯誤的句子）

因此，把歸納法和演繹法結合起來，大量接觸和吸收漢語的實際用法才是最重要的；不斷地嘗試和練習使用，才是掌握語法的根本方法。

在學習某一個具體的語法項目時，要記住每一個語法項目本身都有形式和意義兩個方面。語法形式固然重要，但是語法意義對於語言使用則更加重要。比如，在漢語中既可以說「快跑」，也可以說「跑得快」。如果學習的時候僅僅知道二者形式上的不同，不瞭解它們在表達意義上的區別，也無法造出正確的句子。在第一種結構中「快」做狀語，說明動作的狀態和方式；在第二種結構中「快」做補語，補充說明動作進行的程度，這個動作往往是已經完成或經常發生的，如：

例2

a. 快跑！

b. 他跑得快。／在比賽時，他總是跑得很快。

還有些語法形式跟使用者之間的尊卑有關係，使用時一定要注意在什麼情況下對誰可以使用這些表達方式，例如：

例3

a. 您高壽？（有禮貌的方式，對年長者）

b. 你幾歲了？（普通的方式，對年幼者）

例4

a. 開門！（直接的方式，不那麼有禮貌）

b. 開開門！（較有禮貌的方式）

c.請開開門！（有禮貌的方式）

有的語法形式的使用跟語篇的銜接與連貫有關，學習時要注意它們使用的上下文語境和條件。特別是在進行連貫的語篇表達時，一定要根據上下文的要求對不同的語法結構進行變通處理。如：

例5

舊的矛盾解決了，新的矛盾又產生了。（第二個小句與第一個小句結構相同，形成對比和連貫。）

例6

他來到學校，卻被告知已經被退學了。（第二個小句通過省略主語與第一個小句形成連貫。對比：「他來到學校，學校告訴他他已經被退學了。」）

在學習相關的語法項目時，除了把它們放在特定的語境中加以學習，還可以採用對比的方法來幫助理解語法項目的異同。如有的學習者分不清「有點」和「一點」的區別。這時可以進行一個簡單的對比：

有點（有一點）	一點
他有點累。	他吃了一點飯。
他有點不高興。	他會一點漢語。
他有點生氣。	他喝了一點啤酒。
他非常生氣。	他喝了很多啤酒。
他很生氣。	他喝了3杯啤酒。
……	……
有點＋形容詞（程度）	一點（數量）＋名詞

五、糾正語法錯誤

在學習語法和使用外語的過程當中，犯錯是難免的。對待錯誤有兩種態度是不可取的。一種是因為怕出錯，就儘量少用漢語，或者一定要等到十分有把握才說或寫漢語。這樣就減少了很多練習漢語的機會。另外一種態度是認為只要對方能聽懂或看懂，有點語法錯誤沒關係，對學習語法沒有興趣。這種態度妨礙你提高你的漢語水平，也影響別人對你的積極評價。

雖然在學習外語時犯錯誤是難免的，但是對於錯誤要有區別地加以處理。對於一些基礎性的語法錯誤，要及早發現，及早糾正。對於一些經常出現的錯誤也要找出原因，進行有針對性的練習。有一些錯誤，講母語的人很在乎，對這樣的語法錯誤一定要加以避免。

由於講母語的人出於禮貌等原因，一般不會當面指出外語學習者的錯誤，糾正語法錯誤的重任就落到了你的漢語教師和你自己身上。漢語老師對你的所有錯誤也不是逢錯必糾，也會按照一定的原則，有選擇性地給予糾正。所以要糾正自己的語法錯誤，更重要的還是靠學習者自己。

對於口語表達中的錯誤，由於轉瞬即逝，所以更難發現和糾正。如果可能的話，對於自己參與的課堂活動或一些交流活動，可以把它們錄下來，過幾天再來聽聽看，你是否對自己所說的話還聽得懂。如果發現有的地方聽不懂，可以寫下來，向老師和講漢語的人請教。對一些你自己也知道是錯了，但是卻經常說錯的語法，要把它們寫下來，通過更多的練習，達到熟能生巧。對於自己沒有弄懂的語法項目，可以通過進一步的學習來學會它。

書面語可以通過寫作和翻譯的方式來發現錯誤。把自己寫好的稿子交給老師或講漢語的人，請他們改正錯誤的地方。通過對比可以找出自己的錯誤，並可以進一步分析發生錯誤的原因。也可以只是請老師或講漢語的人把發生錯誤的地方劃出來，由你自己來改正。交給老師或講漢語的人的作文要留有空白，以方便他人改錯。可以只寫到一行的一半位置，也可以空一行。通過多次的練習，可以找出自己常犯的語法錯誤，有針對性地進行練習和學習。

1. 用「的、地、得」填空。

（1）我還有一個書包可以裝桌子上___東西。

（2）你寫___真快。

（3）他們匆忙___跑到一節車廂門前。

（4）他太極拳打___很好。

（5）他生氣___說：「別動我的東西！」

2. 選擇適當的介詞填空。

（1）昨天有人____你打電話。

（2）明天，我____你一起去聽音樂。

（3）____北一直走，過馬路就到了。

（4）老師____約翰說：「下午來這兒聽音樂。」

（5）他們剛____美國回來。

（6）約翰____老人照了一張照片兒。

（7）這兒____學校很近。

（8）昨天我____史密斯寄去了一封信。

（9）我沒有照相機，你____阿里借吧。

（10）星期天，張正生要去____女朋友約會。

3. 改錯句。

（1）他說比我好得多。→

（2）我也差點兒被自行車撞。→

（3）我很忙和沒有時間給媽媽寫信。→

（4）我把漢語一定學好。→

（5）中文廣播說得太快了，我不能聽懂。→

（6）今天我們見面得了嗎？→

（7）外面下了起雪來。→

（8）你說怎麼，我就做怎麼。→

（9）我學習漢語一個年了。→

（10）我今年回國不了，明年回國得了。→

10 如何學習漢字

一、學習漢語不學漢字可能嗎？

因為漢字很難學，有的學習者會發出這樣的疑問。答案是可能的。漢字只是記錄漢語的一種符號系統，記錄漢語也可以用其他的方法，如中文拼音、注音符號等等，甚至是你自己發明的標音方法。但是由於中國使用漢字來記錄漢語已經有幾千年的歷史，並且一直沿用至今，如果你決定不學習漢字，你將無法閱讀漢語的書面語，你將找不到其他的閱讀材料，你將成為一個現代的「文盲」。此外，你將無法利用絕大多數為學習者編寫的教材和工具書，無法參加學校等教育機構提供的漢語培訓。因此除非你的目的僅僅是學會簡單的漢語對話，你無法跳過漢字學習這一關。

二、漢字難學嗎？

跟拼音文字系統相比，漢字系統要複雜得多。學習漢字肯定是一件極富挑戰性的事情，但並非無法完成的任務。

漢字難學，一個重要的原因是漢字很多。1986年出版的《漢語大字典》收錄了近60000個漢字。但是人們日常使用的漢字並沒有這麼多，老舍的小說《駱駝祥子》只用了2134個漢字，毛澤東選集（五卷）也只用了3136個漢字。1988年公布的《現代漢語常用字表》收錄了3500個漢字，其中常用字2500個，次常用字1000個。也就是說，一般讀者掌握3500個漢字，閱讀現代的出版物不會感到困難。

作為一個外語學習者，需要掌握多少漢字呢？根據《漢語水平辭彙與漢字等級大綱》的設計，學習漢語的外國人，學習四年需要掌握的漢字數量如下：

	第一年		第二年	第三、第四年	
	甲級	乙級	丙級	丁級	合計
辭彙	1033	2018	2202	3569	8822
漢字	800	804	601	700	2905

也就是說，一個初中級學習者需要掌握漢字1500個左右，而一個高級學習者需要把這個數字翻倍。

三、學會寫漢字

漢字難學，還在於漢字的結構複雜。外國人常常覺得一個漢字就像一幅圖畫，但是一幅圖畫也是一筆一筆畫出來的。漢字同樣可以分析成更小的單位。

漢字首先分為獨體字和合體字兩類。獨體字的結構不能再分析，合體字則由兩個或多個獨體字合成。合體字主要有三種類型：左右結構，如「喝、城、證」；上下結構，如「花、筷、背」；包圍結構，如「回、同、司」。其中上下結構的字最多。這些組成合體字的單位被稱作漢字的偏旁，有的偏旁跟整個漢字的發音有關，有的偏旁跟整個漢字的意義有關。

為了教學和漢字資訊處理的便利，對漢字偏旁也可以進一步切分，分成更小的部件。如：「湖」，第一步分為「氵、胡」兩部分，「氵」代表意義，「胡」表示發音。第二步可以進一步分成「氵、十、口、月」四個部件。漢字數量眾多，但是組成漢字的部件數量就少多了，大約有600多個。掌握漢字的部件是學習漢字的捷徑。

組成這些部件的最小單位叫筆劃，指的是書寫時從落筆到起筆所寫的點或線。筆劃有單一筆劃和複合筆劃兩類。對於簡體漢字而言，單一筆劃有6種；複合筆劃是兩種或兩種以上的筆劃的連接，常見的複合筆劃有25種。

	筆畫	名稱	例字		筆畫	名稱	例字		筆畫	名稱	例字
1	㇐	橫	大	11	㇖	橫勾	你	21	㇁	彎勾	了
2	㇑	豎	十	12	㇟	豎彎勾	元	22	㇈	橫折彎勾	九
3	㇒	撇	八	13	㇜	撇折	去	23	㇄	豎彎	四
4	㇔	點	主	14	㇙	豎提	良	24	㇍	橫折彎	沒
5	㇕	橫折	口	15	㇗	豎折	山	25	㇡	橫折折折勾	仍
6	㇏	捺	人	16	㇛	撇點	女	26	⺄	橫斜勾	鳳
7	㇀	提	地	17	㇉	豎折折勾	弟	27	㇋	橫折折撇	及
8	㇆	橫折勾	月	18	㇂	斜勾	我	28	ㄣ	豎折撇	專
9	㇚	豎勾	小	19	㇌	橫撇彎勾	那	29	㇞	豎折折	鼎
10	㇇	橫撇	水	20	㇊	橫折提	課	30	㇅	橫折折	凹
								31	㇎	橫折折折	凸

（取自：http://www.5dhz.com/）

但是只是會寫漢字的各種筆劃還不夠，還需要掌握漢字書寫的筆順。現代漢字筆順一般是先橫後豎，從上到下，先撇後捺，從左到右，從內到外，先裏頭後封口，先中間後兩邊。漢字的筆順一般是約定俗成的，但是有推薦規範可以參考（1997年中國語言文字工作委員會發布了《現代漢語通用字筆順規範》）。

要學會寫漢字，必須學會分析漢字，瞭解「筆劃→部件（偏旁）→漢字」的組合方式。然後就是不懈的練習，以達到熟能生巧。中國學生多採用帶格子的紙來練習寫漢字，因為這樣方便練習者合理安排漢字的各個部分，使寫出來的漢字整齊勻稱。

四、學習漢字的雙重任務

對於一個漢字，學習者面臨雙重任務，第一是學會漢字的形、音、義，第二是瞭解漢字如何組合成詞語。

每一個漢字都具有形、音、義三個方面。但是與拼音文字不同的是，對於漢字而言，字形在漢字學習中占據重要的地位。

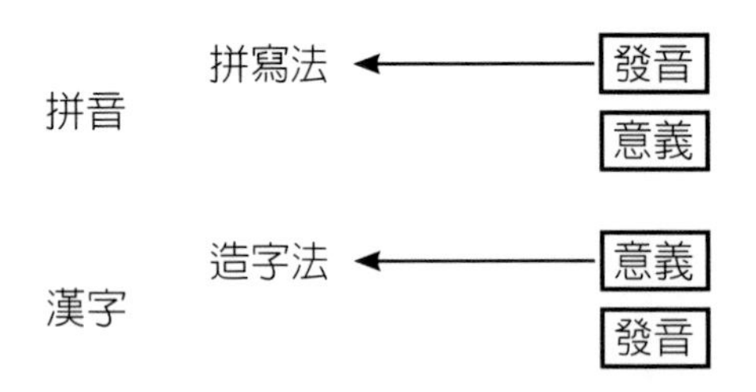

從上面的比較可以看出，對於漢字來說，在形、音、義三個方面形與義具有密切的關聯，用來說明漢字形與義關聯的方法就是上圖中的造字法。漢字有四種主要的造字法：象形、指事、會意、形聲。

象形使用描繪事物形狀的方法來表達意義，如「日、月、水、山、牛、羊」等等。

指事是用象徵性符號或在象形字上加提示符號來表示意義，如「上、下、三、本、末、刃」等等。

會意法用兩個或幾個字組成一個字，把這幾個字的意義合成新字的意義。如「休（人在樹下，表示休息）、明（太陽和月亮放在一起表示光明）、從（兩個人一前一後，表示跟隨）」等等。

形聲法是由表示字義類屬的偏旁和表示字音的偏旁組成新字，用形聲法造的字叫形聲字。如「洋」，形旁（「氵」）表示海洋跟水有關係，聲旁（「羊」）表示洋字的讀音。專家估計，形聲字占所有漢字90%以上，是最有理據的一種漢字構造方式，為人們學習漢字創造了便利。

必須指出的是，由於古今字形的演變，加上古今語言的演變，用上述四種方法來分析現代的漢字並不是十分令人滿意。如常用的詞語「謝」，雖然也是形聲字，「讠」（言）是形旁，表示跟言語活動有關，「射」是音旁，但是跟「謝」字的發音並不相同。不管怎麼不完美，但是如果漢字的字形能夠給我們一些關於字音、字義的幫助，我們還是要充分地加以利用。並且隨著你掌握的漢字的增加，你就會發現漢字之間的聯繫越來越多，這將給你掌握漢字以極大的幫助。

由於漢字難記難寫，有的教師也採用一種通俗易懂的方法來教學生如何記住漢字，比如「日」字，雖然古文字的字形很像太陽，但是現代的字形並不像太陽，而更像窗戶。為了幫助小學生記住這個漢字，有的教師就說：「你們看，這多像一扇窗戶，早上太陽從窗戶進來。」又比如宿舍的「宿」字，筆劃很多，學生很容易寫錯，有的教師就對學生說：「宿舍是什麼？就是有一百個人住在一起。」這樣說既可以幫學生瞭解「宿」字的意義，又避免了有的學生把「宿」字下面的「百」寫成「白」的錯誤。這樣的方法生動有趣，學習者不妨自己多做些漢字字形的分析，幫助自己記住漢字。有的專家認為，由於漢字總體上像一幅畫，使用漢字可以調動我們大腦形象思維的能力，對於大腦左右半球的平衡利用很有益處。

學習漢字的第二個任務是掌握漢字的用法，即漢字如何用來構成詞語。從本質上說，漢字並不是語言運用的基本單位，詞語才是。漢字是用來組成詞語的，學習漢字其實就是學習漢語辭彙。漢字和詞語的關係有三種，學習時要採用不同的方法。

第一種，一個漢字單獨使用是沒有意義的，一定要跟其他的漢字一起使用，如「*葡*、*萄*」都不能分開使用，必須放在一起使用。學習時要聯繫它們構成的詞語一起學習，可以用下列符號來表示：「*葡*（葡萄）、*狐*（狐狸）。」

第二種，一個漢字就是一個詞語，可以單獨使用。這時就把它當作一個詞語來學習，如：「學（我學漢語）。」

第三種，一個漢字有意義，但不能單獨使用，要跟其他的漢字一起使用，如「習」，可以說「學習、複習」等，但不能單獨說「習」。對這類漢字我們用「-習」（學習）表示，表示前面可能出現其他的漢字。其他的漢字出現的位置也可能在後面，如「阿-」（阿姨），也可能前後都可以，如：「-人／人-（男人、人們）。」

有的漢字既可以單獨使用，又可以跟其他的漢字一起使用，如：「學／學-（學習、學生）。」

總之，在學習漢字時，你需要瞭解漢字和詞語的關係，弄清它什麼時候可以單獨使用，什麼時候必須跟其他的漢字一起使用。即使是來自漢字文化圈的學習者，也需要注意這一點。

1. 按照正確的筆順寫出「我」、「謝」兩個漢字。

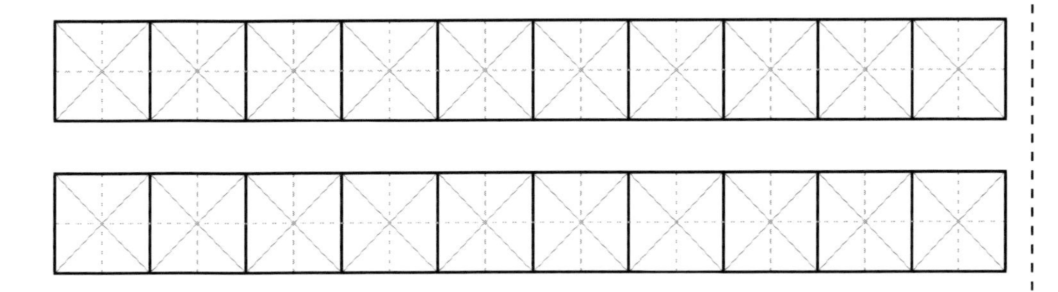

2. 用「學」組成幾個詞語。

3. 猜猜「控」、「溜」的意義和發音，然後查字典看看你的猜測是否正確。

11 如何使用詞典

一、熟悉漢語詞典的查詢方法

由於採用漢字來記錄漢語，使用漢語詞典對學習漢語的學習者來說是一個很大的挑戰。首先絕大多數漢語詞典並不是完全按照詞語的字母順序編排的，而是把詞語放在相關的字頭後面。如果學習者不知道詞語的發音，要想在漢語詞典裏查詢一個詞語會更加困難。

漢語詞典常用的查詢法有：

（一）部首法——把部首相同的字歸在一起，再按筆劃多少來排列。

（二）筆劃法——按每個字筆劃的多少來排序，筆劃少的在前，筆劃多的在後，同筆劃再按起筆相同集中排列。如部首法中部首的排列和同一部首中字的排列一般用這種方法。

（三）筆形法——主要有兩種：第一種以起筆筆形為序，第二種用數字來代替筆形，如四角號碼法。

這些方法都需要學習者熟悉漢字的書寫方法和結構方式，需要花一定的時間學習才能掌握。電子詞典的手寫輸入功能克服了用漢字查詢的難題，因此受到漢語學習者的普遍歡迎。

二、合理利用詞典

詞典是學習漢語的重要工具，但是需要學習者合理地加以利用。

（一）避免過分依賴詞典

在閱讀時遇到新詞語時，如果過分地依賴詞典，花太多的時間用於查詞典，就會妨礙你發展其他的閱讀技巧，如利用上下文和背景知識來猜測詞義完成閱讀。在表達時利用詞典會妨礙你尋求其他表達方法進行交流，甚至會中斷交流的進程。

（二）避免一對一的策略

在兩種語言中意義完全對等的詞語是十分罕見的，更多的情況是不完全對應。在利用詞典時應極力避免詞語（漢）＝詞語（外）的做法，應把注意力放在所學習的詞語或語法的特殊之處。應把詞語（漢）＝詞語（外）當作是學習的出發點，而不是終點。

（三）把找出對等詞當作開始，把注意力放在詞語的用法上

對於一個詞語，發音和意義固然重要，但用法更重要。如果查詢詞典只是滿足於意義，往往在使用時會發生錯誤。如「見面」一詞，如果僅僅根據意義，你會說出「我明天見面他」這樣的句子。但是在漢語裏「見面」是個不及物動詞，後面不能帶賓語。如果要出現見面的對象，只能說「我明天跟他見面」。建議學習者在找出詞語的意義後，找到使用該詞語的例句，注意跟它一起使用的成分是什麼。如最好把「跟……見面」放在一起學習。

（四）瞭解詞典的局限性

詞典是學習語言的好幫手，但是有其自身的局限。如需要及時更新，才能涵蓋新的語言事實。詞典面向不同的使用者，不可能提供你

所需要的全面資訊。因此僅僅依靠教科書和詞典來學習漢語是遠遠不夠的，學習者要充分利用其他的渠道來學習漢語，如講漢語的人、你的漢語老師、漢語的新聞、電影等等。

三、如何獲得好的漢語詞典

在不同的學習階段，你需要不同的詞典。初級階段需要一本簡明的雙語詞典，中高級階段需要權威而實用的單語詞典。最簡單的方法是請你的漢語老師幫你推薦一本適合你的雙語或單語詞典。如果你是自學者，可以請教有關的專家或諮詢專業的出版機構。

1. 使用你現在用的詞典查詢下列句子中的片語「發生關係」，看看你能否很快找到合適的解釋。然後，試著用該片語造一個句子，看看你的詞典能否給你一些幫助。

   我將來的工作肯定要跟中國發生關係。

2. 下面是一本留學生漢英詞典對「見面」一詞的解釋，根據詞典提供的資訊寫出兩三個使用「見面」的句子，然後請中國朋友或者老師檢查，看是否正確。

   【見面】jiànmiàn meet; see; contact: 我們多年沒～了。We haven't seen each other for years.

12 如何學習聽力

一、聽力的重要性

在聽說讀寫四項技能中，聽力是最重要的一項語言技能。如果聽力不好，就沒有辦法更好地跟講漢語的人進行交流，無法提高自己的漢語水平。如果聽力不好，在課堂上學習時也無法聽懂老師的授課內容，無法跟上班級的進度。因此要學會漢語，必須花大力氣練習聽力，使自己的聆聽能力達到一定的水平才行。但是在聽說讀寫四項技能中，學習者普遍感覺聽力是最難提高的一種技能。造成這種狀況有很多種原因：其一是在真實的交際活動中，人們的話語稍縱即逝，聽話人無法對其進行控制，不可能像閱讀材料那樣反覆閱讀。其二，許多學習者主要是通過看的方式來學習的，養成了通過閱讀來學習的習慣，沒有養成通過聽來學習的習慣，沒有在自己的頭腦中建立聲音與意義的聯繫，很多學過的辭彙也只有看到才明白，聽的時候卻無法聽懂。其三，是學習者在學習過程中，真正用於練習聽力的時間是有限的。因此要提高自己的聽力水平，必須採用特殊的方法來彌補一般學習者看多聽少的缺陷，做到聽說和讀寫的能力的平衡發展。

二、選擇聽力材料

學習者在學習漢語的過程中，用來練習聽力的方式主要有兩大類：

一類是通過參與面對面的語言交際活動，通過與講漢語的人的交流來提高自己的聽力水平。在這種類型的交流中，雖然說學習者不可能對整個交流活動施加更大的影響，他還是可以通過自己的發問來要求對話者調整自己的話語，以方便他的理解。例如，他可以要求對話者放慢語速，可以要求對方重複所說的話語，可以要求對方解釋自己話語的涵義等等。因此在參與簡單的漢語對話之前，學習者應該掌握一些發問的句子，如：「請說慢一點兒，我是外國人。請再說一遍。」「對不起，我沒聽懂。你說什麼？」「你說……是什麼意思？」「你的意思是……嗎？」等等。

第二種聽力練習是聆聽錄製好的交流活動，如學習漢語的聽力材料、電臺的廣播節目、電視節目、中文電視劇和電影等等。這種材料的好處在於學習者可以像對待閱讀材料一樣，反覆地聆聽。

為了提高自己的聽力水平，學習者需要堅持不懈地利用各種機會跟講漢語的人進行交流，在交流活動中不斷提高自己的聽力和會話水平，這是提高聽力的最好辦法。因為在交流活動中，如果你沒有聽懂對方的話，交流就無法進行。你必須利用各種方法弄懂對方的意思，讓交流進行下去。在這個過程中，你也可以找出你聽不懂的原因是什麼，並設法得到對方的幫助。當然如果自己的聽力太差，你也許會擔心這樣的交流會給對方添加太多的麻煩，會不好意思再繼續下去。選擇一個有耐心、願意跟你交流的對話者是很重要的。比如如果他是你的好朋友，你就不會感到那麼緊張和愧疚。

如果你找講漢語的人練習漢語的機會不多，你仍然可以通過聆聽第二類材料來提高你的聽力水平。這時選擇適當的錄音材料就變得非常重要。在初級階段，我們建議您選擇為學習漢語而特別設計的聽力材料，因為它們除了發音清晰、語速適合外，還會教會你一些聆聽的細小技巧，如如何聽懂漢語的數字、如何聽懂漢語的時間表達等等。如果你找不到這樣的練習材料，尋找一個講漢語的人，把自己學習的語言材料進行錄音。然後反覆地聆聽和跟讀，在自己的腦海裏牢固地建立漢語聲音與意義的聯繫。

在中級和高級階段，你可以選擇一些真實的漢語聽力材料，如電臺廣播節目、電視節目等。最好先選擇一些新聞類的節目來聽，因為這類節目有固定的格式，播音員的發音標準，播出的語速也比較慢。可以先選擇電視新聞節目，借助畫面來幫助理解。然後過渡到電臺新聞，這類材料更容易得到，可以隨時隨地進行練習。等到你的聽力達到一定水平，可以選擇其他類型的廣播和電視節目，如訪談節目、電視劇、電影等等。

三、練習聽力的方法

如果你已經有了一定的漢語基礎，你可以開始選擇一些聽力材料來練習聽力。可以選擇從聽漢語新聞開始。新聞包含各種各樣的內容，並且比較容易得到。選擇一檔固定時間的新聞節目，每天練習聽20到30分鐘。如果開始的時候有困難，可以先看看當天的報紙，流覽一下當天的主要新聞。如果有條件，也可以閱讀用自己母語發布的新聞（通過報紙或網路）。然後再去聽用漢語播出的新聞，你就可能容易理解新聞的內容了。此外，不管是用你的母語還是漢語，要加強對漢語百科知識的學習，以便更好地理解新聞的背景。比如在口語中人們說「上海」，但在報紙或電視上人們可能用「滬」或「申城」來稱說上海。

練習聽力有兩種主要方式：一是精聽，一是泛聽。精聽要求能聽懂所有的句子和辭彙，泛聽只要求能聽懂大概的內容。兩者採用的方法也不一樣。先說精聽。為了達到精聽的目的，對所聽的內容要進行錄音。現在很多的電視臺除了播新聞，還會對每則新聞標題打出字幕。因此對於每則新聞的開頭部分和字幕要十分留心，因為這一部分往往包含了新聞的主要內容。聽第一遍的時候，不要太在意是否聽懂了每句話，而要留心是否抓住了新聞的六個要素：「誰？做了什麼？在哪兒？什麼時候？怎麼做的？為什麼？」在第二遍聽的時候就把注意力放在對這些問題的回答上，如果聽懂了，找到了答案，可以用關鍵字的方法寫下來。如果沒有聽懂，反覆多次，直到找出問題的答案。聽最後一遍時，一句一句地聽，聽懂一句，記錄一句。實在無法聽懂的句子可以空著。如果你有講漢語的老師或朋友，可以請他們幫助你。在得到回答以後，要分析一下你沒有聽懂的原因。對於多次出現的難題，你需要想辦法加以補救，學習有關的語法，額外做一些相關的練習，幫助你克服這些難關。此外，你可以利用這些聽力材料做些進一步的練習，如用自己的話講述聽到的新聞，寫信把新聞告訴你的朋友等等。

泛聽的方法不需要做最後的步驟，即不需要你聽懂所有的句子和辭彙，只需要聽懂新聞的大致內容就可以了。你甚至可以只聽一遍，不去錄音。但最好還是把所聽的新聞錄下來，聽兩到三遍，能夠理解新聞的主要內容就可以了。因為泛聽並沒有什麼特殊的要求，你在做其他的事情的時候都可以把電視或收音機打開，不用特別注意地去聽，也能聽懂一部分漢語。

精聽耗時耗力，但是能真正掌握聽力材料裏的語言形式；泛聽更多地用於幫助你複習或鞏固已學的語言材料，增加你對漢語和中國的瞭解。兩種都很重要，不可偏頗。只進行泛聽，不進行精聽，聽力水平就無法真正得到提高；只進行精聽，不進行泛聽，接觸的漢語聽力太少，聽力也不可能有進步。我們建議你每週完成一次精聽，其他時間用來進行泛聽。其實對於精聽，如果寫出每一句話有困難的話，寫出主要的句子或句子中的主要部分（如主語、動詞）也可以。你可以根據你的水平決定聽力練習的深度和難度。但是必須把兩種形式結合起來，並且一定要堅持下去，不可三天打魚兩天曬網。

到了高級階段，你聽新聞或者正常語速的漢語已經沒有問題的時候，你可以選擇聽一些訪談節目、一些電視劇或者電影。漢語的電視劇包含的語言非常豐富，故事情節引人入勝，是練習聽力的絕佳語料。選擇你喜歡的故事類型，經常觀看漢語電視劇，對於提高漢語聽力特別有幫助。高級階段的學習者可以選擇一些用不標準的普通話或帶有方言的普通話表演的節目或交談的材料，用來鍛鍊自己應對不同口音的普通話的能力。

1. 在你跟中國人交談時如果沒有聽懂對方說的話，你會怎麼做？
2. 如果你聽漢語的新聞感到很難，你找過原因嗎？你認為主要原因是什麼？

13 如何學習閱讀

一、什麼是閱讀

在外語學習中通常有兩種閱讀方式，一種是所謂的精讀，通過學習課文來學習新的語言辭彙和語法，要求學生對課文達到較深入的理解，對課文中的所有字、詞、句都要求能弄懂，在初級階段有的教師甚至要求學生能夠背誦課文。對一些關鍵的詞語和語法點還要進行特殊的練習，要求達到會用。很多學習者都很熟悉這種形式的閱讀。但是外語教學專家認為，僅僅依靠精讀教學是不能很好完成學習外語的任務的。一來依靠精讀學習者接觸的語言材料有限，所學的內容有限，無法掌握豐富的語言知識和技能；二來精讀的閱讀方式忽視了其他閱讀技能和學習能力的培養，不利於學習者發展全面的語言能力。專家認為，除了通過精讀學習漢語以外，大量而廣泛的閱讀是學好漢語的重要方法。通過大量的閱讀來學習漢語可以彌補精讀學習的不足，還可以提高學習者的學習興趣。大量而廣泛的閱讀對學習漢語的益處很多，包括複習和鞏固已經學習的語言知識；通過閱讀這種自然的方式習得部分語言知識，作為正式學習的補充；保持對一種語言的不斷接觸，防止外語能力的消退。因此，要想學好一種外語，僅僅通過課堂上的教學（特別是精讀教學）是遠遠不夠的，學習者自己進行大量而廣泛的閱讀是非常必要的。我們在這一章所討論的閱讀就是指學習者自己進行的閱讀，不是指學校裏進行的精讀學習。

二、什麼時候開始閱讀

閱讀漢語需要一定的條件，如掌握了漢語的基礎語法和一定的辭彙，能夠認讀漢字。所以我們建議漢語學習者在初級階段的末尾和中級階段開始閱讀。

在初級階段學習者所閱讀的材料是為了學習漢語而特別設計的，要求學習者儘量都能掌握。為了練習漢語的韻律特徵，初級階段的課文要求學習者大聲地朗讀，通過看和聽兩種渠道來學習漢語。但是中級階段的閱讀不一定是為了外語學習者特別設計的，可能是給漢語母語者閱讀的，或者為漢語學習者做了少許改寫。由於要進行大量的閱讀，要求學習者掌握默讀的技巧，閱讀時不要出聲，甚至不用聯繫到詞語的發音，通過視覺的渠道來學習。學習者一定要自己意識到精讀與泛讀的不同，完成從出聲讀到默讀的轉變。

三、選擇什麼樣的閱讀材料

在選擇閱讀材料時首先要選擇自己感興趣的材料，一方面增加學習的樂趣，另一方面你在這方面的知識也可以幫助你更好地理解閱讀材料。可以選擇一本常見的中文雜誌，選擇其中你感興趣的欄目進行閱讀。長期閱讀相同題材的文章，還可以有效地學習和複習相關的詞語。如果堅持一段時間以後，覺得自己對這類材料已經很熟悉了，可以再換一個新的欄目。

所選的語言材料不要太難。如果一個句子中出現了兩三個生詞，這樣的材料可能太難了。在開始階段，可以選擇比較容易的材料，如配有插圖和照片的閱讀材料，來降低閱讀的難度。

四、閱讀方法

有的學習者拿到一篇閱讀材料就開始一個詞一個詞地閱讀，有人甚至還用筆來點著一個個漢字來閱讀。他們遇到生詞就停下來查詞典，弄懂這個詞的意義，然後繼續。這種閱讀習慣是受到了精讀習慣的影響，用來進行大量而廣泛的閱讀是十分不合適的。學習者一定要改變自己的學習習慣，採用不同的方法來進行泛讀。我們推薦的閱讀方法包括如下幾個步驟：

第一步，閱讀文章的標題，快速閱讀文章的第一段，猜猜文章的內容。

第二步，問自己一兩個問題，如看到一篇題目為「高貴的心」的文章，可以問自己兩個問題：這篇文章好像是講一個女人的故事，她做了什麼？為什麼說她的心高貴？然後快速閱讀文章，注意閱讀文章的第一段和最後一段。在閱讀時不要停下來，遇到生詞和不懂的句子也不要停止，更不要用筆來劃，把注意力放在尋找問題的答案上，看看在文章的什麼地方可以找到問題的答案。關鍵之處是遇到不懂的地方不要停止，儘量通讀一篇課文，目的是瞭解文章大概的內容。

第三步，開始一段一段地閱讀，遇到生詞和不懂的句子不要停頓，只是用筆把它們劃出來就可以了。

第四步，根據對文章內容的理解，重新閱讀包含不懂的生詞和句子的部分。儘量利用上下文來猜測生詞的意義，關於這部分內容可參考如何學習生詞中的有關章節。在利用上下文語境之後如果還有一些生詞你認為很重要需要學習，可以查詞典。一定要先根據上下文進行猜測，然後再利用詞典。如果還有不懂的部分，仍然用筆標出來。

第五步，如果你有時間，可以把那些難懂的生詞和句子寫到本子上，以備進一步學習。

這個方法的要點是要求學習者利用自己的知識對閱讀材料進行預測，儘量利用從上到下的加工方法來進行閱讀。二是要求學習者改變過度利用詞典的做法，儘量利用上下文的線索來學習生詞和語法，弄懂閱讀材料的內容。這種閱讀方式要求學習者把獲取資訊放在第一位，強調通過大量的接觸來學習和掌握漢語。學習者一定要改變自己一字一句地閱讀方式，注意閱讀速度的要求。剛開始的時候會覺得自己理解得不深，好像沒有學到什麼東西。隨著漢語知識的增多，你會發現你的閱讀速度會越來越快，而理解的東西越來越多。

在不同的時間段，對於不同的篇目，學習者可以採用不同的方法。例如，每個星期學習者可以選擇3篇材料按照從第一步到第四步的步驟來學習，只選擇兩篇課文進行第五步的學習。也就是說學習者自己可以有所側重，上述步驟的第五步突出了學習生詞和語法的要求，第一到第四步沒有特別要求學習者學習生詞和語法。第一步到第四步更多地用於獲得新資訊，更多地複習和鞏固所學的漢語，更多地在不知不覺中學習漢語；第五步則是要求學習者有意識地學習生詞和語法。

五、其他問題

學習閱讀一定要堅持不懈，保證每天有半個小時的閱讀時間，不能三天打魚兩天曬網。你可以保留自己的閱讀材料，過半年以後再來看看，你會發現你現在的閱讀水平比過去提高了很多。

前面提到，你可以從自己感興趣的題材開始閱讀。但是隨著閱讀的增多，你需要選擇廣泛的內容來閱讀。一方面增加你對漢語各種題材、各種樣式的閱讀材料的熟悉程度，另一方面也可以多方面擴大你的辭彙量。

如果覺得自己有更多的時間，可以把閱讀跟其他的語言技能結合起來，更全面地來學習漢語。例如你可以在閱讀完成後，用簡單的話進行總結；可以把自己閱讀的故事講給其他學習者聽。還可以更深入地進行第五步的練習，通過詞典或老師的幫助，更深入地學習閱讀材料中的生詞和新語法。

1. 閱讀下面短文的標題和開頭的兩個句子，試著問兩個問題。

睦鄰

這是中國古時候的一個故事。

梁國有一個叫宋就的，在一個邊境縣當縣長。他們的縣與楚國為鄰，兩縣邊境哨所的士兵都有瓜園，而且種的瓜都有一定數量。梁國哨所的士兵勤勞，每天都在瓜地裏辛勤地勞動，拔草、施肥、澆水，所以他們的瓜長得特別好；楚國哨所的士兵懶惰，不願意幹活，他們的瓜長得不好。看到梁國哨所的瓜長得比自己的好，就非常妒忌，晚上便趁人家不防備，偷偷過去把梁國哨所的瓜蔓兒全部抓翻，使不少瓜都枯死了。梁國的哨兵發現後，就向他們的指揮官報告，請求批准他們也偷偷過去，把楚國哨所的瓜蔓兒抓翻作為報復。指揮官去請示宋就。

宋就說：「這怎麼行？報復是結怨惹禍的做法。既然知道別人幹的是壞事，為什麼還要向他們學習？如果那樣的話，只會把事情弄得更糟。我們要與鄰為善，絕不能以鄰為壑。我教你們一個方法：你們可以派人過去，但不是去抓翻他們的瓜蔓兒，而是給他們的瓜施肥澆水，使他們的瓜長得跟我們的一樣好。這個行動還要秘密進行，不能讓對方知道。」

於是，梁國的哨兵每晚都悄悄地過去，為楚國哨所的瓜園澆水。看到自己哨所的瓜也一天比一天長得好了，楚國的哨兵就覺得奇怪。經過細心的觀察，發現是梁國哨所的士兵幫他們幹的。楚國的縣長聽到這件事，非常感動，便把這件事報告了楚王。楚王知道後，就批評部下說：「你們應該感到羞愧。要問問我們的士兵，是不是還幹過別的錯事。凡是做了對不起人家的事情，就要誠懇地向人家賠禮道歉。」

楚王還派使者帶著禮品到梁國訪問，希望與梁國建立友好關係。從此，兩國結為友好鄰邦，人民互相來往，和睦相處。

後來，人們常以此為例，讚揚宋就為兩國的睦鄰友好關係做出了貢獻。

（取自：楊寄洲編著《登攀·中級漢語教程》（第一冊））

2. 按照本章介紹的步驟閱讀這篇課文，然後回答：「怎麼才能當一位好鄰居？」

14 如何學習口語

一、開口說話

學習口語最大的敵人是不開口說話。有的學習者由於害羞，有的學習者擔心自己說錯，有的學習者由於聽不懂他人的話而不敢開口說話。雖然學習者可以獨自一人練習口語，但是通過會話來提高口語水平卻是最自然而可靠的方法。那些由於害羞等心理原因的學習者必須克服自己的膽怯心理，要確信與人交流並不是什麼可怕的事情，別人能做到的事情你也能做到。你可以試著先找那些讓你感到安全放心的朋友練習會話，逐步增加自己的信心。那些怕說錯的學習者必須明白，說錯是學習的一個必不可少的過程，只有通過一點一點的練習，才能減少錯誤。特別是口語，你不可能等到有一天你出口成章了再說話。這個道理也適用於那些擔心聽不懂別人的話的人，他們害怕聽不懂別人的話，無法做出正確的回應，會被人看不起。只有通過日積月累的練習，才能夠提高自己的聽力水平和會話水平，更好地參與會話的活動，而不必等到你的聽力水平已經很高時再跟人交流。因此在會話中提高自己的漢語水平是學習漢語的正確選擇，不開口是很難學會一種外語的，特別是聽和說。學習一種外語，往往也是一種挑戰，需要改變自己的一些固有習慣。

二、聽不懂時怎麼辦

口語能力與聽力能力是緊密相連的，在會話中學習者遇到的最大難題往往並不是不會說，而是聽不懂對方的話，不知道如何回應。這時，學習者要通過各種途徑來尋求對話者的幫助，雙方合作來完成對話。降低理解難度有許多方法，如在參加對話前做好充分的準備，增加自己對有關話題的知識等等。可以把有關的材料帶在身邊，在解釋說明中加以利用。如果是日常的會話，則可以選擇一些自己較熟悉的話題來談論。在交談過程中遇到理解困難，努力尋求對方的幫助。如告訴對方自己是外國人，請對方放慢語速。主動提出問題，請對方解釋說明自己的話語，對對方的話語進行歸納、總結，等等。在提問時多提一些用簡單短語能回答的問題，而不是開放的問題。如：「我去南京路，往前走對嗎？」而不是：「請問怎麼去南京路？」因為對前一類問題的回答很簡單很明確，也容易聽懂；對於後一種問題，答話者的回答可能很長、很複雜，也很難聽懂。

三、掌握常用的會話技巧

在進行語言表達時，發話人需要完成許多工作，如計畫說什麼、選擇採取何種語言形式等等，並且需要在很短的時間內完成。對於外語學習者而言，由於他們對外語的語法還沒有完全掌握，選擇語言形式的任務就更艱巨。在進行會話活動中，為了使會話活動順利進行下去，學習者需要採用一些特殊的方法來為自己爭取時間。在漢語會話中有許多這樣的填充手段，如填充詞語「啊、呃、嗯、這個、那個」等等，還包括其他一些雖然具有辭彙意義，也可以用來爭取思考和斟酌時間的表達方式，例如如果有人問你：「你對中國大學生有什麼看法？」你可以用「關於這個問題」來開頭，然後再說出自己的看法。漢語學習者需要熟悉這些會話中特有的形式。

如果你的漢語水平還不是很高，只能用簡短的語句來參與會話，你也可以很巧妙地來進行交談。在會話中你可以主要充當聆聽者的角色，讓對方來充當主要的發話人。這時你需要使用一些常用的反饋形式，來表示你在聆聽，來表示你對對方話語的態度。如：「嗯、哦、對、是嗎、真的、怪不得、可不是、你可真倒楣、我說呢」，等等。雖然你只說了很少的話，但由於出現在發話人需要反饋的正確地方，也會讓人覺得雙方交談甚歡。

但是你也許並不滿足於僅僅充當一個聽話人的角色，而是要平等地參與到會話活動中來。這時你需要學習和練習更多的會話技巧。如如何吸引他人的注意、如何跟人打招呼、如何引入一個新的話題，或者在別人引出一個新的話題之後表示同意，雙方合作來完成這個話題，如何同意或反對對方的意見、如何結束一個會話，等等。

作為一個漢語學習者，在進行會話練習時一定要牢記，會話除了用來交流思想，還用來練習漢語，因此不要因為此時的漢語水平還無法完美地表達你深刻、複雜的思想而拒絕練習。在會話活動中儘量使用簡短的句子和簡單的詞語來表達自己的意思，而不一定要找到那個最準確的詞語才行。例如學習者閱讀時可能已經學過這樣的句子：「中國和世界各國的交往越來越頻繁，漢語變得越來越重要。」但是如果自己來表達，可能會忘記了「頻繁」這個詞語，這時如果把這個意思表達成：「中國有很多人去外國，外國很多人來中國，漢語很重要。」基本意思也算表達清楚了。在學習時要多注意同一個意思的多種表達方式，這樣才能夠在忘記時找出近似的表達方式。另外在練習口語時，要儘量多使用多音節的詞語，避免使用書面語色彩濃厚的詞語，如可以說「從那時開始」，而不要說「從此」。在表達時有時多使用一些冗餘資訊，對於清楚地表達自己的意思也是有幫助的。例如你想坐火車到北京，你買票的時候是10點鐘，你想問離現在最近的火車是幾點的，你可以說：「到北京離現在最近的火車幾點鐘？」這句話很簡明，沒有包含冗餘資訊。但是在嘈雜的環境中說出來效果可能並不理想。如果說成：「我想去北京，10點半有火車嗎？」或者是：「我要去北京，幾點有火車？」「我要去北京，現在可以買幾點的票？」也許會好一點。又如你去郵局寄信，如果你問：「請問寄一封EMS到北京多少錢？」當然也可以，但是如果換用簡單點的句子，說成：「我想寄一封EMS，寄到北京，請問多少錢？」學起來、說起來都更容易，聽起來也更容易懂。

四、尋找更多的機會練習口語

下面介紹的方法不是通過會話的形式來練習口語，而是為了更好地學習口語而做的一些準備或輔助性的練習。

特別是在學習漢語的初級階段，可以每天抽出一些時間來朗讀課文。朗讀課文可以幫助你把無聲的語言轉化為有聲的語言，幫助提高你的聽力。此外，還可以幫助你學習漢語的發音和節奏，有利於你在口語表達時使用自然的節律。通過大聲的朗讀句子，還可以幫助你克服一些頑固的發音。

除了普通的閱讀學習，你需要學習專門的會話材料，幫助你掌握漢語會話的技巧。在學習會話材料時，注意口語表達中常用的格式和固定短語，如「看來、我認為……、就那麼回事、看你說的、說正經的、說不過去、小菜一碟」等等。這些短語或格式可以幫助你提高表達的流利程度，還可以為你爭取到更多的思考和尋找時間，來添加具體的表達內容，如「我認為……」可以用來表達發話人的觀點，「天上掉餡兒餅」表示不可能出現的好事，等等。學習會話材料時，除了朗讀、跟讀以外，可以試著扮演其中的一個角色，用他的話來完成對話。會話材料的學習幫助你掌握口語表達中常用的語言手段，使你在進行口語表達時不會覺得不知道怎麼說。如果學習者在口語中常常覺得找不到合適的語言來表達，就需要花一些時間來特別地學習口語中常用的表達方式。

其實對於常用的一些閱讀材料，除了採用我們推薦的方法進行閱讀學習以外，也可以把它們轉化成聽和說的練習。一種常用的方法就是在弄懂閱讀材料的意義之後，自己就課文的內容提出問題，然後自己進行回答。你可以問一些概括性的問題，也可以問一些細節性的問題。通過自己發問自己回答，不僅練習了說，也複習鞏固了閱讀的內容及其中的語言。例如在學習完下面的課文之後，你可以向自己提出如下的問題，然後進行回答。如果你有學習伴侶，可以跟他一起進行問答的練習。

例5

例1：宋就是哪國人？

例2：他做什麼工作？

例3：他們的縣跟哪個國家相鄰？

例4：兩個國家的士兵都種什麼？

例5：哪個國家的士兵種的瓜好？為什麼？

…………

睦鄰

這是中國古時候的一個故事。

梁國有一個叫宋就的，在一個邊境縣當縣長。他們的縣與楚國為鄰，兩縣邊境哨所的士兵都有瓜園，而且種的瓜都有一定數量。梁國哨所的士兵勤勞，每天都在瓜地裏辛勤地勞動，拔草、施肥、澆水，所以他們的瓜長得特別好；楚國哨所的士兵懶惰，不願意幹活，他們的瓜長得不好。看到梁國哨所的瓜長得比自己的好，就非常妒忌，晚上便趁人家不防備，偷偷過去把梁國哨所的瓜蔓兒全部抓翻，使不少瓜都枯死了。梁國的哨兵發現後，就向他們的指揮官報告，請求批准他們也偷偷過去，把楚國哨所的瓜蔓兒抓翻作為報復。指揮官去請示宋就。宋就說：「這怎麼行？報復是結怨惹禍的做法。既然知道別人幹的是壞事，為什麼還要向他們學習？如果那樣的話，只會把事情弄得更糟。我們要與鄰為善，絕不能以鄰為壑。我教你們一個方法：你們可以派人過去，但不是去抓翻他們的瓜蔓兒，而是給他們的瓜施肥澆水，使他們的瓜長得跟我們的一樣好。這個行動還要秘密進行，不能讓對方知道。」

於是，梁國的哨兵每晚都悄悄地過去，為楚國哨所的瓜園澆水。看到自己哨所的瓜也一天比一天長得好了，楚國的哨兵就覺得奇怪。經過細心的觀察，發現是梁國哨所的士兵幫他們幹的。楚國的縣長聽到這件事，非常感動，便把這件事報告了楚王。楚王知道後，就批評部下說：「你們應該感到羞愧。要問問我們的士兵，是不是還幹過別的錯事。凡是做了對不起人家的事情，就要誠懇地向人家賠禮道歉。」

楚王還派使者帶著禮品到梁國訪問，希望與梁國建立友好關係。從此，兩國結為友好鄰邦，人民互相來往，和睦相處。

後來，人們常以此為例，讚揚宋就為兩國的睦鄰友好關係做出了貢獻。

（取自：楊寄洲編著《登攀·中級漢語教程》（第一冊））

當你的口語水平很高時，你可以選擇一些難度高的練習。如選擇你喜歡的影視作品，把其中的對白寫下來，自己給某個角色進行配音，不僅要模仿他們的發音，還要充分表現角色的思想感情。

即使你沒有很多機會跟講漢語的人交流，沒有很好的會話材料可以學習，你還是可以充分利用各種各樣的機會來練習你的口語。例如上面提到的把所學習的材料變成口語的材料，用來練習口語表達，就是一個很容易做到的方法。有的專家甚至建議，你可以在心裏自己對自己說話，把你看到或想到的事情用漢語說出來。

1. 你用什麼方法來練習口語？
2. 在漢語中用什麼方法爭取時間來尋找合適的表達方式？
3. 如果你想打斷對方插話，你應該怎麼說？

15 如何學習寫作

一、為什麼學習寫作

雖然寫作是現代社會的一項重要技能，但是每個人需要的寫作能力是不同的。你只需要想想，你在工作和生活中都用母語來寫什麼，就會明白每個人的寫作需求有很多不同。在學習漢語寫作時，明確你用漢語來寫什麼是非常重要的。一個將要進入中國大學學習的學習者所需要的寫作能力與一個將來用漢語進行經貿往來的公司職員所需要的寫作能力有很大的區別。因此，在開始練習漢語寫作之前，一定要弄清楚你自己將來是否有特定的寫作需求，一定要弄清楚你為什麼學習寫作。

二、學習寫作到底學什麼

寫作是一項特殊的技能，需要學習者具有較高的漢語能力。有許多學習者雖然漢語說得很流利，但就是寫不出一個像樣的請假條。這說明寫作並不是口語的簡單的紀錄，需要進行特殊的訓練。

學習寫作包括三個方面的任務，一是能夠造出合乎語法的句子，二是能夠按照一定的方法來連句成段，三是按照一定的格式或樣式來組成特定的語篇。

第一方面的能力，不僅包括能寫出簡單的句子，還要求學習者能按照一定的方法把簡單的句子組合成複雜的句子。常見的方法是利用關聯詞語把句子組成複句，如利用「特別是」這個關聯詞語來說明整體與局部的關係：

例1

中國人民不要同美國打仗，中國政府願意坐下來同美國政府談判，討論和緩遠東緊張局勢的問題，特別是和緩臺灣地區的緊張局勢問題。

剛開始學習寫作的學習者往往認為把一個個句子放在一起就行了，而沒有學會使用一些方法來連接句子，來形成連貫的語篇。

例2

a 有一隻老虎，在森林中遇到一隻狐狸。

b 老虎撲上去把狐狸抓住。

c 老虎要把狐狸吃掉。

如果僅僅把這三個句子放在一起，形成如例3的樣子，雖然每個句子都是對的，但是並不能形成連貫的語篇。如果改成如例4的樣子，就能變成一篇合格的語篇。注意第二個句子、第三個句子承前省略了主語（老虎），同時用指代詞「牠」來回指第一個句子中出現的狐狸。另外，第二、第三個句子與第一個句子之間使用了關聯詞語「就」來表明之間的關係。

例3

有一隻老虎，在森林中遇到一隻狐狸。老虎撲上去把狐狸抓住。老虎要把狐狸吃掉。

例4

有一隻老虎，在森林中遇到一隻狐狸（S1），就撲上去把牠抓住（S2），要吃掉牠（S3）。

因此，已經掌握了漢語基礎語法的學習者要著重練習使用什麼方法把多個句子連接起來，形成連貫而複雜的句子或段落，而不是只是把兩個都正確的句子放在一起就完事。在掌握好如何寫出正確的複雜句子之後，就要開始學習如何把句子組成一個完整的語段。例5的正確順序是c-a-d-b，注意在寫作時有時需要用名詞短語，有時用人稱代詞來指代，如c、d中句子的主語分別是「鄰居的小女孩」、「那可愛的小女孩」，而a、b句子的主語則換成了人稱代詞「她」，還有句子d中代詞「那」的使用，這些方法都用來幫助形成連貫的段落。同時整個段落還是按照時間的順序完成的。當然，在不同的語篇中，連句成段的方法也是不同的。學習者需要根據自己的需要，多練習各種連接方法。

例5

a 她猶豫了一會兒，最後對老人說：「老婆婆，我給你這兩塊錢，你找我一塊好嗎？」老婆婆愉快地答應了。

b 她做了一件好事，同時又沒有委屈自己的嘴，還有一顆純真的心。

c 鄰居的小女孩拿著媽媽給她的兩塊錢去買零食，路上碰到一個伸手要錢的老婆婆。

d 那可愛的小女孩用那一塊錢買了一串糖葫蘆，吃著跑回去。

學習寫作的第三個任務是熟悉和練習各種語篇的宏觀模式，掌握各種語篇組段成篇的方式。有些語篇存在有固定的格式，學習者要根據自己的需要掌握各種常用的語篇格式；有些語篇則相對自由一些。各種應用文體，存在固定的格式，並且會使用一些特殊的表達方式，學習者要通過不斷地練習學會這些格式。有的學習者漢語水平已經達到一定的水平，但是卻不能寫出一篇像樣的請假條或者邀請信，就是因為沒有進行過這方面的訓練。

三、學習寫作的方法

練習寫作的方法可以分為兩類：一是有控制的練習，另一種是自由的練習。自由的練習方式更側重思想的表達，更像真實的寫作。在進行這類寫作練習的時候，不用那麼刻意地注重語言的使用，重點是表達的內容。這一類的練習包括跟朋友的聊天、伊妹兒等，也包括日記這些不那麼正式的交流形式，也包括寫給報社和雜誌的建議和評論等。在你學習漢語的過程中，要尋找各種機會，運用漢語來表達自己的思想。如果你發現用漢語表達有困難，甚至可以先用自己的母語來寫，然後試著用漢語來翻譯。

下面我們將重點放在有控制的寫作練習上。有控制的練習指根據所給的語言材料進行各種寫作的練習，幫助學習者學習漢語的寫作技巧。有控制的練習可以幫助解決學習者覺得沒有什麼東西可寫的難題，它把練習的重點放在寫作技能的訓練上。根據學習者自身的水平，學習者可以把訓練的重點放在不同的方面：連詞成句、連句成段、連段成篇。在練習時學習者可以根據自己的寫作目的有所側重。不論學習者的寫作目的多麼不同，我們認為，連句成段的練習是一個基礎，它一頭通向單個句子，一頭通向單個語篇，是寫作的基礎。學習者需要花很大的精力來掌握如何有條理地在一個段落裏表達複雜的內容。

下面我們以一篇短文為例來說明如何利用閱讀材料來進行寫作訓練。

睦鄰

這是中國古時候的一個故事。

梁國有一個叫宋就的，在一個邊境縣當縣長。他們的縣與楚國為鄰，兩縣邊境哨所的士兵都有瓜園，而且種的瓜都有一定數量。梁國哨所的士兵勤勞，每天都在瓜地裏辛勤地勞動，拔草、施肥、澆水，所以他們的瓜長得特別好；楚國哨所的士兵懶惰，不願意幹活，他們的瓜長得不好。看到梁國哨所的瓜長得比自己的好，就非常妒忌，晚上便趁人家不防備，偷偷過去把梁國哨所的瓜蔓兒全部抓翻，使不少瓜都枯死了。梁國的哨兵發現後，就向他們的指揮官報告，請求批准他們也偷偷過去，把楚國哨所的瓜蔓兒抓翻作為報復。指揮官去請示宋就。宋就說：「這怎麼行？報復是結怨惹禍的做法。既然知道別人幹的是壞事，為什麼還要向他們學習？如果那樣的話，只會把事情弄得更糟。我們要與鄰為善，絕不能以鄰為壑。我教你們一個方法：你們可以派人過去，但不是去抓翻他們的瓜蔓兒，而是給他們的瓜施肥澆水，使他們的瓜長得跟我們的一樣好。這個行動還要秘密進行，不能讓對方知道。」

於是，梁國的哨兵每晚都悄悄地過去，為楚國哨所的瓜園澆水。看到自己哨所的瓜也一天比一天長得好了，楚國的哨兵就覺得奇怪。經過細心的觀察，發現是梁國哨所的士兵幫他們幹的。楚國的縣長聽到這件事，非常感動，便把這件事報告了楚王。楚王知道後，就批評部下說：「你們應該感到羞愧。要問問我們的士兵，是不是還幹過別的錯事。凡是做了對不起人家的事情，就要誠懇地向人家賠禮道歉。」

楚王還派使者帶著禮品到梁國訪問，希望與梁國建立友好關係。從此，兩國結為友好鄰邦，人民互相來往，和睦相處。

後來，人們常以此為例，讚揚宋就為兩國的睦鄰友好關係做出了貢獻。

（取自：楊寄洲編著《登攀·中級漢語教程》（第一冊））

在學習者已經完全掌握這篇課文之後，利用這篇課文可以進行各種各樣的寫作訓練：

（一）複雜句子的訓練——學習者以書面形式回答問題，例如：梁國哨所的瓜園為什麼長得好？學習者根據記憶來回答，然後與課文相對照，找出二者之間的不同，並注意課文關聯詞語（如「所以」）的使用。

（二）連句（成段）的練習——學習者以書面的形式回答問題，例如：宋就聽到請示以後是怎麼說的？楚王是怎麼處理這件事的，結果怎麼樣？然後與課文相對照，找出二者之間的不同。

（三）語篇練習——可以採用多種多樣的形式對這篇課文進行改寫。如用自己的話來講述故事；從其他角度來講述故事，如從宋就的角度來講述故事，從楚王的角度來講述故事，或者講述一個你聽到的鄰居故事，等等。這樣寫作的練習就跟閱讀練習結合起來，跟語言形式的學習結合起來。只有當學習者能夠輕鬆地完成一個小段的寫作，他才願意嘗試較大的語篇的寫作。學習者可以根據自己的寫作目的，花更多的時間來練習對自己更有用的語篇的訓練，掌握這種類型的語篇的宏觀結構以及常用的語言手段。

四、如何修改作文

對於自己的作文，學習者的一個擔心是自己不知道寫得好不好，哪些句子有錯誤。如果你有老師或者講漢語的筆友，當然可以請他幫你修改。但是即使是拿給老師修改，也不一定非得要老師給你修改所有的錯誤句子不可，也可以只要求他把有問題的地方劃出來，由你自己修改。對於自己的作文，可以保留一段時間，再去檢查修改，看看自己現在怎麼完成同樣的任務，這樣就可以看出自己寫作水平的提高。

1. 把上述故事放在你的國家，試著重新來寫這個故事。
2. 修改下面一則請假條：

請假書

由於本人朋友來上海，要接她

本人想請假　12月3日　下午1：30pm的課。

謝謝

簽名

12/3

思考與練習題答案

第1章

1，人類的手勢非常豐富，可以表達的意義也很複雜，它們跟人類的語言相比，有什麼不同？

語言專家認為，人類的語言符號具有任意性和組合性，因此可以表達無限的內容；而人類的手勢相對簡單一些，所表達的內容有限。

第2章

2，你知道跟下列名詞一起使用的量詞嗎？

一（本）書；一（件）襯衣；一（張）報紙；一（支）筆；一（包）餅乾；一（瓶）啤酒；一（張）床；一（雙）鞋；一（條）狗；一（匹）馬

3，把下面的一些詞語或短語按照正確的順序排列起來，組成句子。

（1）您可以把箱子放在臥鋪下邊。

（2）這件襯衫顏色很好。

（3）這個隊踢得不太好。

（4）我看了電視就做作業。

（5）我們爬了一個鐘頭山。

（6）我等了他半個小時。

（7）我們回學校去吧。

（8）他寫得好。

（9）我吃過一次小吃。

（10）史密斯在床上躺著。

第3章

5，根據下列例句，總結動詞「奔」的用法：

a 他一下課就往食堂奔去。

b 他一下課就奔向食堂。

c 他一下課就直奔食堂。

「奔」的意思是向一個地方跑去。在它的後面可以直接跟著表示地點的詞語（如例c：直奔食堂）。但是表示地點的詞語也可以通過其他的方式引入，如例a用「往」，放在動詞「奔」的前面；例b用「向」，放在動詞「奔」的後面。

第7章

2，對下面的長句子進行切分，找出可以停頓的地方。

尤其是去年10月，我們幾個外籍教師和留學生｜一起去參觀了一個小漁村。說是漁村，可我們看到的｜卻是一幢幢紅瓦白牆的小樓房。

第9章

1，用「的、地、得」填空。

（1）我還有一個書包可以裝桌子上_的__東西。

（2）你寫_得__真快。

（3）他們匆忙_地__跑到一節車廂門前。

（4）他太極拳打_得__很好。

（5）他生氣_地__說：「別動我的東西！」

2，選擇適當的介詞填空。

（1）昨天有人__給__你打電話。

（2）明天，我__跟__你一起去聽音樂。

（3）__往__北一直走，過馬路就到了。

（4）老師_對___約翰說：「下午來這兒聽音樂。」

（5）他們剛__從__美國回來。

（6）約翰__給__老人照了一張照片兒。

（7）這兒__離__學校很近。

（8）昨天我__給__史密斯寄去了一封信。

（9）我沒有照相機，你_向___阿裏借吧。

（10）星期天，張正生要去__跟__女朋友約會。

3，改錯句。

（1）他說比我好得多。→他說得比我好得多。

（2）我也差點兒被自行車撞。→我也差點兒被自行車撞了。

（3）我很忙和沒有時間給媽媽寫信。→我很忙，沒有時間給媽媽寫信。

（4）我把漢語一定學好。→我一定把漢語學好。

（5）中文廣播說得太快了，我不能聽懂。→中文廣播說得太快了，我聽不懂。

（6）今天我們見面得了嗎？→今天我們能見面嗎？

（7）外面下了起雪來。→外面下起雪來了。

（8）你說怎麼，我就做怎麼。→你怎麼說，我就怎麼做。

（9）我學習漢語一個年了。→我學習一年漢語了。

（10）我今年回國不了，明年回國得了。→我今年不能回國，明年可以回國。

第10章

1，按照正確的筆順寫出「我」、「謝」兩個漢字。

2，用「學」組成幾個詞語。

學習、學校、自學、數學

第14章

2，在漢語中用什麼方法爭取時間來尋找合適的表達方式？

在進行會話活動中，為了使會話活動順利進行下去，學習者需要採用一些特殊的方法來為自己爭取時間。這些手段就是使用一些看似無意義的填充詞語，如啊、呃、嗯、這個、那個等等。

3，如果你想打斷對方插話，你應該怎麼說？

對不起，我還沒說完。/請讓我把話說完。

第15章

1，修改下面一則請假條：

請假條

張老師：

由於我的朋友第一次來上海，我要接去她。沒有辦法參加12月3日下午1點30分的課程，特向您請假，望批准。

簽名

12月3日

主要參考文獻

〔美〕魯賓、湯普森：如何成為更加成功的語言學習者，北京：外語教學與研究出版社，2009。

〔美〕羅傑瑞著，張惠英譯：漢語概說，北京：語文出版社，1995。

《中國語言學大詞典》編委會：中國語言學大詞典，南昌：江西教育出版社，1991。

Ellis, R.：Second Language Acquisition，上海：上海外語教育出版社，2000。

Nation, I. S. P.：Teaching and Learing Vocabulary，北京：外語教學與研究出版社，2004。

Widdowson, H. G.：Linguistics，上海：上海外語教育出版社，2000。

陳原主編：現代漢語定量分析，上海：上海教育出版社，1989。

馮勝利：漢語韻律句法學，上海：上海教育出版社，2000。

郭錦桴：漢語聲調語調闡要與探索，北京：北京語言學院出版社，1993。

胡明揚：北京話初探，北京：商務印書館，2005。

黃伯榮、廖序東：現代漢語（上、下冊），北京：高等教育出版社，1991。

李德津、程美珍：外國人實用漢語語法，北京：華語教學出版社，1988。

林燾、王理嘉：語音學教程，北京：北京大學出版社，1992。

劉現強：現代漢語節奏研究，北京：北京語言大學出版社，2007。

劉珣：對外漢語教育學引論，北京：北京語言大學出版社，2000。
劉英林主編：漢語水平考試研究，北京：現代出版社，1989。
劉月華、潘文娛、故韡：實用現代漢語語法，北京：外語教學與研究出版社，1983。
呂叔湘主編：現代漢語八百詞（增訂本），北京：商務印書館，2002。
羅青松：對外漢語寫作教學研究，北京：中國社會科學出版社，2002。
戚雨村主編：語言學引論，上海：上海教育出版社，1985。
邵敬敏主編：現代漢語，上海：上海教育出版社，2001。
蘇培成：現代漢字學綱要，北京：北京大學出版社，1994。
索振羽：語用學教程，北京：北京大學出版社，2000。
王德春：語言學概論，上海：上海外語教育出版社，1997。
王運編譯：現代英語語法，瀋陽：遼寧人民出版社，1986。
文秋芳：英語學習策略論，上海：上海外語教育出版社，1995。
熊學亮：語言學新解，上海：復旦大學出版社，2003。
嚴明主編：英語學習策略理論研究，長春：吉林出版出版集團有限責任公司，2009。
楊寄洲編著：登攀・中級漢語教程（第一冊），北京：北京語言大學出版社，2005。
葉軍：漢語語句韻律的語法功能，上海：華東師範大學出版社，2001。
尹斌庸、羅聖豪：現代漢字，北京：華語出版社，1994。
張寶林：漢語教學參考語法，北京：北京大學出版社，2006。
張博等：基於中介語語料庫的漢語辭彙專題研究，北京：北京大學出版社，2008。
趙金銘主編：語音研究與對外漢語教學，北京：北京語言文化大學出版社，1997。

趙金銘等：基於中介語語料庫的漢語句法研究，北京：北京大學出版社，2008。

趙永新主編：漢外語言文化對比與對外漢語教學，北京：北京語言文化大學出版社，1997。

中國大百科全書總編輯委員會《語言文字》編輯委員會：中國大百科全書（語言文字卷），北京：中國大百科全書出版社，1988。

中國對外漢語教學學會漢語水平等級標準研究小組：漢語水平等級標準和等級大綱〔試行〕，北京：北京語言大學出版社，1988。

中國社會科學院語言文字應用研究所：漢字問題學術討論會論文集，北京：語文出版社，1988。

周健主編：漢語教學課堂技巧325例，北京：商務印書館，2009。

朱志平：漢語第二語言教學理論概要，北京：北京大學出版社，2008。

附　錄

甲級語法項目

一、詞類

（一）名詞

【001】1. 一般名詞：

媽媽　教室　詞典　自行車　水平　精神

【002】2. 方位名詞：

裏　外　上　前　後　中　旁　左　右

東　西　南　北

裏邊　外邊　上邊　下邊　前邊　後邊　旁邊

中間　東邊　西邊　南邊　北邊

【003】3. 時間名詞：

年　月　日　星期　小時　點（鐘）　鐘頭　分

【004】4. 名詞重疊：

年年　月月　天天　人人　家家

（二）代詞

【005】1. 人稱代詞：

你（您）　你們　我　我們　他（她）

他們（她們）　咱　咱們　自己　大家　別人

【006】2. 疑問代詞：

誰　哪　哪裏（哪兒）　什麼　怎麼　怎麼樣

多少　幾

【007】3. 指示代詞：

這　這些　那　那些　這裏（這兒）　那裏（那兒）

這麼　那麼　這樣　那樣

【008】4. 其他：

各　每　有的　有些　別人　別的

（三）動詞

【009】1. 一般動詞：

看　寫　打　參觀　愛　想　喜歡　希望　叫　像　姓

是　有　在　進行

【010】2. 助動詞：

能　會　要　想　可能　可以　願意　應該

得（děi）

【011】3. 動詞重疊：

想想　看看　學習學習　研究研究　說（一）說

試（一）試　聽了聽　走了走

（四）形容詞

【012】1. 一般形容詞：

大　紅　多　錯　全　安靜　漂亮　男　女　所有

【013】2. 形容詞重疊：

高高　長長　好好　整整齊齊　乾乾淨淨　高高興興

（五）數詞

【014】1. 基數：

零　一　十　百　千　萬　二　兩　半

【015】2. 序數：

二年級　331路　14樓6門15號　2月5日（號）

第一　第二

【016】3. 概數：

三、四個　十幾個　幾十年　四十多人　兩年多

兩個多小時

【017】4. 分數、百分數：

三分之二（2/3）　百分之四十（40%）

【018】5. 倍數、小數：

五倍　七點八（7.8）　三點一四一六（3.1416）

（六）量詞

【019】1. 名量詞：

個　位　本　件　種　斤　公斤　克　間　棵

課　張　把　隻　條　些　點兒

【020】2. 名量詞重疊：

個個（都不錯）　張張（笑臉）　條條（大路）

種種（事情）

【021】3. 動量詞：

次　遍　回　下兒　口

（七）副詞

【022】1. 否定副詞：

不　沒（有）　別　不要

【023】2. 時間副詞：

正　剛才　就　先　然後　常　常常　已經　正在

總（是）

【024】3. 範圍副詞：

都　只　也　一共

【025】4. 程度副詞：

很　太　更　最　十分　非常　多（麼）

【026】5. 頻度副詞：

又　再　還

（八）介詞

【027】1. 引出時間、處所、起點：

當　在　從　離

【028】2. 引出方向：

向　往　朝

【029】3. 引出對象：

對　跟　比　為　給

【030】4. 引出目的、原因：

為　為了

【031】5. 引出施事：

把　被　叫　讓

【032】6. 表示排除和加合：

除了

（九）連詞

【033】1. 連接詞或詞組：

和　跟　或者　還是　並且

【034】2. 連接分句：

雖然　但是　要是　所以　可是　還是　不但　而且

只好

（十）助詞

【035】1. 結構助詞：

的　地　得

【036】2. 得動態助詞：

了　著　過　呢

【037】3. 語氣助詞：

嗎　呢　吧　啊　了

【038】4. 其他：

等

【039】（十一）歎詞：

啊　喂

【040】（十二）象聲詞：

哈哈

【041】（十三）詞頭和詞尾：

第一　第七十二　老王　老二　房子　桌子

二、詞組

（一）按詞組結構劃分

【042】1. 聯合詞組：

工廠、商店、學校　老師和學生　我和他

紅的和綠的　去或者不去　討論並且決定

【043】2. 偏正詞組：

大操場　英文課本　一件衣服　努力（地）工作

見面的時候

【044】3. 動賓詞組：

打電話　買東西　進教室　進行討論　遇到困難

【045】4. 動（形）補詞組：

聽清楚　買不到　住幾天　玩得很高興　好得很

【046】5. 主謂詞組：

腿疼　石頭冷　學習緊張　精神愉快

【047】6. 介賓詞組：

在學校（學習）　向前（走）　為大家（服務）

把他（叫來）

【048】7.「的」字詞組：

中文的　老師的　藍的　用的　賣菜的

（二）按詞組性質功能劃分

【049】1. 名詞或名詞性詞組：

文學作品　我的書　漂亮小姐　一座橋　三本　那件

【050】2. 動詞詞組：

坐車　寫完　看得懂　走出來　慢慢說　可以去

【051】3. 形容詞詞組：

很舒服　非常高興　大一點兒　容易得很

三、句子成分

（一）主語

【052】1. 名詞、代詞、數詞、名詞詞組做主語：

同學們都到了。

明天是星期天。

外邊有人找你。

我們都是外國留學生。

誰去看比賽？

那兒是我的家。

這是你的詞典嗎？

十六是四的四倍。

這裏的風景很美。

一斤多少錢？

這件合適吧？

【053】2. 動詞、動詞詞組做主語：

笑對人的身體有好處。

累一點兒不要緊。

爬山很有意思。

【054】3. 形容詞、形容詞詞組做主語：

困難我們不怕。

太冷了不好，太熱了也不好。

【055】4.「的」字詞組做主語：

紅的好看，藍的不好看。

學漢語的都希望去中國。

你買的貴，我買的便宜。

【056】5. 主謂詞組做主語：

身體好很重要。

天氣冷點兒沒關係。

我學漢語是為了去中國旅遊。

（二）謂語

【057】1. 動詞、動詞詞組做謂語：

他走了。

今天我們討論語法問題。

小王可能不來了。

【058】2. 形容詞、形容詞詞組做謂語：

我們班的學生多，他們班的學生少。

屋子裏很暖和。

這件衣服好看極了。

【059】3. 名詞、代詞、數詞或名詞詞組做謂語：

今天星期天。

你最近怎麼樣？

他十八（歲），我二十（歲）。

我上海人，他北京人。

【060】4. 主謂詞組做謂語：

她眼睛很漂亮。

這個電影我看過。

（三）賓語

【061】1. 名詞、代詞、數詞或名詞詞組做賓語：

我們都學習漢語。

教室在西邊。

我還沒見過她。

你找誰？

這是一千，不是一百。

她最近買了一輛新汽車。

我要一個。

他要那本。

【062】2.「的」字詞組做賓語：

我喜歡甜的，不喜歡酸的。

你要買什麼樣的？

【063】3. 動詞、動詞詞組做賓語：

你要多注意休息。

這件事已經進行了認真研究。

【064】4. 形容詞、形容詞詞組做賓語：

我喜歡安靜。

這樣做我看不怎麼好。

【065】5. 主謂詞組做賓語：

我希望你明年再來。

你覺得他怎麼樣？

我看見小王去圖書館了。

我不相信他會來。

【066】6. 雙賓語：

阿里送給老師一件禮物。

他教我英語，我教他中文。

（四）定語

【067】1. 名詞、代詞、數詞或名詞詞組做定語：

這是中文雜誌。

晚上的會不開了。

前邊的同學叫什麼名字？

我爸爸是工人。

四的四倍是多少？

這些是我朋友的東西。

這件衣服是去年買的。

一輛輛汽車從門口開過。

【068】2. 形容詞、形容詞組做定語：

請給我一杯熱茶。

昨天我們看一場非常精彩的演出。

【069】3. 動詞、動詞詞組做定語：

今天參觀的人真不少。

參加晚會的同學都來了。

【070】4. 主謂詞組做定語：

阿里寫的漢字很整齊。

小王講的故事很有意思。

（五）狀語

【071】1. 副詞做狀語：

我常常坐公共汽車。

他不知道我現在住的地方。

【072】2. 形容詞做狀語：

他大喊一聲。

他的書整齊地擺在桌子上。

那件事我還清清楚楚地記在心裏。

【073】3. 名詞、代詞、數詞或名詞詞組做狀語：

請前邊坐吧！

我們下午去看展覽。

我怎麼回答他呢？

他把杯裏的酒一口喝完了。

書只能一本（一）本地讀。

【074】4. 介賓詞組做狀語：

去機場要一直往前走。

他經常給我打電話。

王老師對人很熱情。

我在中國認識了很多朋友。

【075】5. 動詞、動詞詞組做狀語：

你別躺著看書。

他緊握著我的手說：「歡迎你再來！」

【076】6. 主謂詞組做狀語：

孩子們手拿鮮花跑過來。

他聲音不大地說：「這件事先別告訴別人！」

（六）補語

【077】1. 結果補語：

寫清楚　整理好　洗乾淨　搞壞　聽懂　拿走　送給

賣掉　改為　看作　改成　握住　買著（zháo）

2. 趨向補語

【078】（1）簡單趨向補語：

動＋來（去、上、下、進、出、回、過、起）

走去／來、　跑上／下、搬進／出、買回、看過、抱起

【079】（2）複合趨向補語：

動＋上來（上去、下來、下去、進來、進去、出來、出去、回來、回去、過來、過去、起來、開來）

走上來／上去　跳下來／上去　跑進來／進去

爬回來／回去　騎過來／過去　站起來

【080】（3）趨向補語的引申用法：

上：關上門　走上前　住上新房

下：留下電話號碼　脫下大衣

出：說出心裏話　作出成績

起：想起過去的事　跳起舞　唱起歌

起來：哭起來　幹起來　暖和起來　快起來

鼓起掌來　研究起教學來

下去：學下去　好下去

下來：停下來　安靜下來

【081】3. 程度補語：

學得好／不好　寫得整齊／不整齊　冷得很　高興得很

大得多　遠得多　差多了　容易多了　深極了

喜歡極了

【082】4. 可能補語

（1）肯定式：

看得懂　聽得見　拿得動　寫得完　關得上

記得起來　做得出來

（2）否定式：

看不懂　聽不見　拿不動　寫不完　關不上

記不起來　做不出來

5. 數量補語

【083】（1）時量補語：

你等一會兒。

我走了十分鐘。

他在北京住過五年。

【084】（2）動量補語：

這本書我看過兩遍。

請等一下兒。

我找過他兩次。

你喝一口試試。

四、句子分類

（一）按結構分類

1. 單句

【085】（1）主謂句：

我們學習漢語。

他們是留學生。

主語或謂語在一定語言環境中可不出現：

阿里不在學校，（ ）去上海了。

——誰找他？

——小王（　）。

【086】（2）非主謂句

A. 無主句：

下雨了。

冷極了！

請喝茶！

B. 獨詞句：

好！

什麼？

謝謝！

啊？

2. 複句（舉例見後）

（1）不帶關聯詞的複句

（2）帶關聯詞的複句

（二）按謂語性質分類（參見「謂語」部分）

1. 動詞謂語句：

小張學習，小王工作。

咱們一起想個辦法。

我們漢語水平提高了。

他姓謝，叫謝文。

他是工人。

2. 形容詞謂語句，謂語中不用「是」：

今天很熱。

河水深極了。

3. 名詞謂語句：

明天禮拜日。

弟弟十三歲。

她黃頭髮，藍眼睛。

他南京人。

你哪兒的？我北京的。

4. 主謂謂語句：

（1）他身體不太好。

這個飯店服務員態度不好。

（2）煙我不抽了。

這個電影我看過了。

我衣服不想買了。

（3）語法問題，我以前沒研究過。

這種事情我不太感興趣。

（三）按用途分類

【088】1. 陳述句：

阿里要回家了。

你的漢語說得不錯。

【089】2. 疑問句：

你是新來的留學生嗎？

今天星期幾？

你是不是不喜歡這種顏色？

你不高興了？

【090】3. 祈使句：

別說了！

請常常給我寫信！

教室裏不要抽煙！

【091】4. 感歎句：

天氣太冷了！

她長得多漂亮啊！

五、幾種特殊句型

【092】（一）「是」字句

1. 肯定式：

他是我們的老師。（表示等同）

小王是個高個子，小李是個小個子。（表示說明）

圖書館東邊是操場。（表示存在）

2. 否定式：

小王的哥哥不是工人。

輔導的時間不是下午，是晚上。

【093】（二）「有」字句

1. 肯定式：

我有一件新衣服。（表示領有）

屋裏有兩張桌子。（表示存在）

他很有辦法。（表示評價）

生活水平有了很大提高。（表示發生、出現）

2. 否定式：

他沒有錢。

情況沒有變化。

【094】（三）「把」字句

1. 主＋把＋賓$_{(1)}$＋動補詞組＋賓$_{(2)}$：

他把那件衣服放在床上了。

我們把病人送到醫院了。

請你把這個句子翻譯成英文。

我把地址留給他了。

2. 主＋把＋賓＋動＋其他成分：

我把信寄走了。

你把屋子收拾一下兒。

請你把這兒的情況介紹介紹吧。

【095】（四）被動句

1. 有標誌的被動句：

我的自行車讓小王騎走了。

我的詞典叫阿里借走了。

活兒都被他們幹完了。

2. 意義上的被動句：

信寫好了。

練習作完了。

【096】（五）連動式

1. 表示動作的連續：

他們吃過晚飯散步去了。

十點鐘，他就上床睡覺了。

2. 表示動作的目的、方式等：

下午我們去商店買東西。

我明天坐飛機去廣州。

3. 前一個動詞為「有」或「沒有」：

我有事找你。

他沒有時間休息。

【097】（六）兼語句

1. 表使令意義的兼語句：

晚上我請你吃飯。

老師讓我再讀一遍課文。

小王叫我去他家玩玩兒。

2. 表愛憎意義的兼語句：

大家都喜歡這孩子懂事。

領導經常表揚他能幹。

教師批評他學習不努力。

3. 前一個動詞是「有」或「沒有」的兼語句：

有人找你。

今天沒有人來參觀。

【098】（七）存現句：

牆上掛著一張世界地圖。

桌子上有一瓶花兒。

東邊開過來一輛汽車。

上午搬走了幾把椅子。

【099】（八）「是……的」

1.「是……的」（一）

當某一動作已過去實現或已完成，要強調動作的時間、處所、方式等，就用這種格式：

阿里是一年前來中國的。

他是從農村來的。

小王是坐火車去的。

否定式：「不是……的」：

他不是坐飛機來的。

2.「是……的」（二）

這種格式多用來表示說法人的看法、見解和態度。「是」和「的」在句子中起加強語氣的作用：

情況是會變化的。

學習中文是會遇到困難的，但我不怕。

問題是可以解決的。

否定式是把「是……的」中間的部分改成否定形式：

你的意見我是不能同意的。

六、 複句

【100】（一）並列複句：

我們複習生詞，寫漢字，做練習。

我一邊吃飯，一邊看電視。

晚會上，大家又唱歌，又跳舞，高興極了。

【101】（二）承接複句：

說著說著，他笑起來。

星期日我先去買書，再去商店買東西。

【102】（三）遞進複句：

那地方我早就去過，去了兩次了。

他（不但）會說漢語，而且說得很好。

【103】（四）因果複句：

他病了，（因此）今天沒來上課。

因為天氣不好，所以我不想去公園了。

【104】（五）選擇複句：

這次去廣州你坐火車，坐飛機？

教我們漢語的是張老師，還是王老師？

【105】（六）轉折複句：

這次去飯店我們花錢不多，吃得不錯。

這篇課文雖然不長，可是生詞不少。

【106】（七）假設複句：

明天下雪，我們就不去了。

要是你同意，我們就這樣決定了。

七、動作的態

【107】（一）完成態

1. 完成態用動態詞「了」表示：

   午飯我只吃了一碗麵條。

   新年前我給朋友寫了一封長信。

2. 動態助詞「了」只與動作的完成有關，與動作發生的時間無關，可以用於過去，也可以用於將來和經常性動作：

   明天吃了早飯我們一起去公園。

   每天我下了課就回宿舍。

3. 否定式是在謂語動詞前加上副詞「沒（有）」，一般不能再用動態助詞「了」：

   星期天我沒（有）去看電影。

【108】（二）變化態

1. 已經發生變化，用句尾語氣助詞「了」：

   天冷了，你要多穿（一）點兒衣服。

   大家都不說話了。

   風停了，雨住了，太陽出來了。

   我現在是工程師了。

2. 將要發生變化，用語氣助詞「了」或「要……了」、「就要……了」、「快要……了」、「快……了」：

   上課了，快去教室。

   要下雨了。

   宴會就要開始了。

快要考試了，每天她都睡得很晚。

新年快到了。

【109】（三）持續態

用動態助詞「著」表示，否定式用「沒（有）……著」：

燈一直亮著。

她穿這一件新衣服。

窗戶開著嗎？

——沒（有）開著，關著呢。

【110】（四）進行態

用「正」、「正在」、「在」、「呢」、「正（在）……呢」、「在……呢」表示：

他進來時，我正打電話。

小張正在給朋友寫信。

孩子們在睡覺，你小聲點兒！

阿裏聽錄音呢，不想去圖書館了。

他正（在）看電視呢。

他們在跳舞呢。

【111】（五）經歷態

用動態助詞「過」表示，否定式是「沒（有）……過」：

這本書我讀過，很有意思。

我學過英語，沒學過法語。

我沒有去過西安。

八、提問的方法

【112】（一）用語氣助詞「嗎」提問：

老張是南方人嗎？

你給阿里打電話了嗎？

晚上睡得好嗎？

【113】（二）用「好嗎、行嗎、對嗎、可以嗎」等提問：

我們一起去旅行，好嗎？

自行車借我用用，行嗎？

這個字這樣寫，對嗎？

老師，我有事請幾天假，可以嗎？

【114】（三）用語氣助詞「吧」提問：

小王不來了吧？

你身體不太舒服吧？

你是美國人吧？

【115】（四）用疑問語調表示疑問：

你只學過一年漢語？

這本書是你的？

你認識她？

【116】（五）用疑問代詞「誰、什麼、哪兒、多少、幾、怎麼、怎麼樣」提問：

誰是你們的漢語老師？

你叫什麼名字？

你想去哪兒？

一斤蘋果多少錢？

你住幾樓？

請問，去火車站怎麼走？

這個電影怎麼樣？

【117】（六）用疑問代詞「多」提問：

這條路多長？

你的孩子多大了？

前面那座樓有多高？

從這兒到機場有多遠？

【118】（七）用語氣助詞「呢」提問：

我們下星期去南方旅行，你呢？

阿里，你的車票呢？

要是他不願意呢？

【119】（八）用「（是）……還是」提問：

你吃米飯還是餃子？

（是）你高，還是小張高？

你（是）去還是不去？

【120】（九）用肯定形式與否定形式相疊提問：

你最近忙不忙？

他的話你聽得懂聽不懂？

晚上你看不看電視？（晚上你看電視不看？）

那個地方你去過沒去過？

你買到英漢詞典了沒有？

【121】（十）用「是不是」提問：

你是不是想家了？

是不是你愛人要來了？

你喜歡吃橘子，是不是？

九、比較的方法

【122】（一）「比」字句：

這座山比那座山高。

馬比牛跑得快。

廣州的天氣比上海暖和一些。

他今天比我早來十分鐘。

【123】（二）跟（和、同）……一樣：

她的年紀跟我一樣。

他長得跟他哥哥一樣。

今天跟昨天一樣冷。

她跟我一樣喜歡孩子。

【124】（三）有（沒有）……這麼（那麼）：

弟弟快有哥哥這麼高了。

我說英語沒有他那麼好。

北方水果沒有南方那麼多。

十、數的表示法

【125】（一）年、月、日、星期表示法：

1987年12月18日

3月5日

星期一（二、三、四、五、六）、星期日、星期天

【126】（二）鐘點表示法：

兩點（鐘）（2：00）

兩點（過／零）五分（2：05）

兩點十五（分）（兩點一刻）（2：15）

兩點半（2：30）

兩點四十五（分）（兩點三刻／差一刻三點）（2：45）

兩點五十八分（差兩分三點）（2：58）

【127】（三）錢數表示法：

十五元八角六分（15.86元）

七角六毛五（7.65元）

一萬二千五百六十七元（12567元）

一億七千五百萬（175000000）

【128】（四）號碼表示法（房間、汽車、電話等）：

205（號）房間

332路汽車

我的電話是2017531轉723

我穿25號鞋

十一、強調的方法

【129】（一）反問句：

這個詞不是學過了嗎？（強調肯定）

我怎麼知道？（強調否定）

我沒告訴你嗎？（強調肯定）

你去還不應該嗎？（強調肯定）

【130】（二）雙重否定（強調肯定）：

沒有人不認識他。

沒有誰不同意。

他不能不去。

他不會不知道。

【131】（三）連……也（都）……：

我去的地方很少，連廣州也沒去過。

她連走也走不動了。

他最近很忙，連星期天都不休息。

連八歲的孩子都參加了這次長跑比賽。

【132】（四）用副詞「就」強調：

這就是我們的學校。

他家就在前面那座樓裏。

你不讓我幹，我就要幹。

我就不相信我學不會。

【134】（五）用動詞「是」強調：

這裏的冬天是冷。

那地方是好玩。

這位同志是很熱情。

（取自：中國對外漢語教學學會漢語水平等級標準研究小組
《漢語水平等級標準和等級大綱》）

釀語言07　PD0017

中文學習心法十五招：

聽說讀寫

作　　者　劉運同
責任編輯　陳佳怡
圖文排版　彭君如
封面設計　秦禎翊

出版策劃　釀出版
製作發行　秀威資訊科技股份有限公司
114 台北市內湖區瑞光路76巷65號1樓
電話：+886-2-2796-3638　傳真：+886-2-2796-1377
服務信箱：service@showwe.com.tw
http://www.showwe.com.tw
郵政劃撥　19563868　戶名：秀威資訊科技股份有限公司
展售門市　國家書店【松江門市】
104 台北市中山區松江路209號1樓
電話：+886-2-2518-0207　傳真：+886-2-2518-0778
網路訂購　秀威網路書店：http://www.bodbooks.com.tw
國家網路書店：http://www.govbooks.com.tw
法律顧問　毛國樑　律師
總 經 銷　聯合發行股份有限公司
231新北市新店區寶橋路235巷6弄6號4F
電話：+886-2-2917-8022　傳真：+886-2-2915-6275

出版日期　2013年10月　BOD一版
定　　價　250元

Printed in Taiwan

國家圖書館出版品預行編目

中文學習心法十五招：聽說讀寫 / 劉運同著. -- 一版. -- 臺北市：釀出版, 2013.10
面； 公分
BOD版
ISBN 978-986-5871-56-7 (平裝)

1. 漢語教學 2. 學習方法

802.03 102008426

讀者回函卡

感謝您購買本書，為提升服務品質，請填妥以下資料，將讀者回函卡直接寄回或傳真本公司，收到您的寶貴意見後，我們會收藏記錄及檢討，謝謝！如您需要了解本公司最新出版書目、購書優惠或企劃活動，歡迎您上網查詢或下載相關資料：http:// www.showwe.com.tw

您購買的書名：______________________________

出生日期：________年________月________日

學歷：□高中（含）以下　□大專　□研究所（含）以上

職業：□製造業　□金融業　□資訊業　□軍警　□傳播業　□自由業

□服務業　□公務員　□教職　□學生　□家管　□其它_____

購書地點：□網路書店　□實體書店　□書展　□郵購　□贈閱　□其他

您從何得知本書的消息？

□網路書店　□實體書店　□網路搜尋　□電子報　□書訊　□雜誌

□傳播媒體　□親友推薦　□網站推薦　□部落格　□其他__________

您對本書的評價：（請填代號　1.非常滿意　2.滿意　3.尚可　4.再改進）

封面設計____　版面編排____　內容____　文／譯筆____　價格____

讀完書後您覺得：

□很有收穫　□有收穫　□收穫不多　□沒收穫

對我們的建議：______________________________

____

____

____

請貼
郵票

11466
台北市內湖區瑞光路 76 巷 65 號 1 樓
秀威資訊科技股份有限公司 收
BOD 數位出版事業部

（請沿線對折寄回，謝謝！）

姓　　名：＿＿＿＿＿＿＿＿　年齡：＿＿＿＿　性別：□女　□男

郵遞區號：□□□□□

地　　址：＿＿＿＿＿＿＿＿＿＿＿＿＿＿＿＿＿＿＿＿＿

聯絡電話：(日) ＿＿＿＿＿＿＿＿＿＿ (夜) ＿＿＿＿＿＿＿＿＿＿

E-mail：＿＿＿＿＿＿＿＿＿＿＿＿＿＿＿＿＿＿＿＿＿